La mansión
de las mil puertas

 cuatro**vientos**

La mansión de las mil puertas
JORDI SIERRA I FABRA

Ilustraciones de OSCAR LOMBANA

 **Planeta**lector

Consulta el
MATERIAL DIDÁCTICO
de esta edición en
www.planetalector.com

Editado por Editorial Planeta, S. A

© del texto, Jordi Sierra i Fabra, 2000
© de las ilustraciones, Oscar Lombana, 2008
© Espasa Libros, S. L., sociedad unipersonal
© de las características de esta edición, Editorial Planeta, S. A.
Avda. Diagonal, 662-664, 08034 Barcelona

Tercera edición. Primera en esta colección: mayo de 2010
Cuarta impresión: noviembre de 2017
ISBN: 978-84-08-09074-8
Fotocomposición: Zero preimpresión, S. L.
Depósito legal: M. 9.351-2010
Impreso por Huertas Industrias Gráficas, S. A.
Impreso en España – Printed in Spain

No se permite la reproducción total o parcial de este libro, ni su incorporación a un sistema informático, ni su transmisión en cualquier forma o por cualquier medio, sea éste electrónico, mecánico, por fotocopia, por grabación u otros métodos, sin el permiso previo y por escrito del editor. La infracción de los derechos mencionados puede ser constitutiva de delito contra la propiedad intelectual (Art. 270 y siguientes del Código Penal).

FICHA BIBLIOGRÁFICA

SIERRA I FABRA, Jordi
La mansión de las mil puertas, Jordi Sierra i Fabra ;
ilustraciones de Oscar Lombana – 4ª imp. en esta colección –
Barcelona: Planetalector, 2017
Encuadernación: rústica ; 320 págs. ; 13 × 19,5 cm –
(Cuatrovientos. A partir de 12 años)
ISBN: 978-84-08-09074-8
087.5: Literatura infantil y juvenil
821.134.2-3: Literatura española
Tratamiento: terror. Tema: cuentos y leyendas

LA MANSIÓN
DE LAS MIL PUERTAS

1

DÍA DE CAMPO

El automóvil todavía no se había detenido del todo cuando las dos puertas posteriores se abrieron de par en par. Ismael y Elías habrían saltado fuera de no ser por la imperiosa orden de su padre.

—¡Esperad, caramba!

Le obedecieron, sujetando ambas puertas todavía abiertas. El hombre hizo una maniobra final, minuciosa, perfecta, dejando que el vehículo se deslizara bajo la protectora sombra de un árbol, a menos de diez metros del frondoso bosque que acababan de descubrir.

—Es que llevamos tres horas de viaje —dijo su madre, intentando justificar la prisa de los gemelos.

—¿Qué queríais, que parara donde para todo el mundo? Aquí al menos estaremos tranquilos. Esto es muy bonito —insistió el hombre.

—Cómo no va a ser bonito, si estamos en el quinto pino —se burló su mujer.

—Seguro que ningún ser humano jamás ha puesto los pies por aquí —dijo Ismael dando rienda suelta a su fantasía.

—Yo que tú no apostaría nada. —Elías le dio un codazo señalando una lata oxidada medio oculta por las altas hierbas pero visible al otro lado de la ventanilla.

—Bueno, ¿ya? —preguntó Ismael encogiéndose de hombros.

—Ya, ya —suspiró su padre. Y apagó el motor, demostrando que así era.

—¡Bien!

Los gemelos saltaron fuera. Eran como dos gotas de agua, aunque no vestían igual. Se negaban a eso. De pequeños su madre sí les hacía ir «de uniforme», como decían ellos. Pero eso había terminado. Ahora podían imponer su voluntad. La camisa de uno era azul y la del otro, roja. Corrieron hacia la linde del bosque y se internaron en él.

—¡Fíjate, parece una selva!

—¿Habrá animales por aquí?

—Ahora por lo menos hay dos.

—¡Vale!

Era un bosque umbrío, cerrado, denso y muy húmedo, como si el sol apenas pudiera penetrar por las abigarradas copas de los árboles para llegar al suelo. También era silencioso.

Extrañamente silencioso.

—¡Ismael! ¡Elías!

Tuvieron que retroceder. Conocían las normas: primero, ayudar a sacar los trastos del coche e instalarlo todo. Después, libertad.

Su madre ya había abierto el portamaletas. Su padre se desperezaba después del largo camino a la búsqueda de un rincón en paz, feliz por haber acertado al tomar aquel pequeño sendero a la derecha de la carretera diez kilómetros antes. Ciertamente el lugar era mágico, y no sólo por el bosque, que parecía descender sumergiendo el valle bajo su manto verde, sino por las colinas que lo formaban y la sensación de soledad que el entorno proporcionaba. Un sitio idílico.

—No me importaría hacerme una casa aquí —suspiró el hombre.

—No te pases, papá, que tampoco es eso —le reprochó Elías.

—Para un día, está bien, pero una vez visto..., ¡menudo aburrimiento! —dijo Ismael apoyando a su hermano.

Sacaron la mesita plegable, las cuatro sillas no menos plegables y las cestas con la comida y la bebida. En menos de cinco minutos todo quedó dispuesto.

—¿Comemos en una hora? —propuso ella.

—Yo ya lo haría ahora, tengo hambre —dijo el padre.

—¡Oh, papá, pero si acabamos de llegar! —protestó Ismael.

—Déjales que estiren las piernas, tienen razón —dijo su madre poniéndose de su parte.

—Media hora. —Fue la última palabra.

Decidieron no perder tiempo. Echaron a correr de nuevo hacia el bosque.

—¡No vayáis lejos! —escucharon mientras se alejaban—. ¡Y no os perdáis!

Desaparecieron por entre los árboles, y no se detuvieron hasta un par de minutos después, sintiéndose verdaderamente libres y a salvo de toda mirada que pudiera condicionarles esa libertad.

—¿Qué hacemos?

Media hora no daba para mucho. Todo lo más, reconocer el terreno para jugar después de comer. Por si fuera poco, el bosque daba la impresión de ser verdaderamente impenetrable.

—No se oye nada —dijo Elías en voz baja.

Siguieron avanzando, en línea recta, pero ya no tuvieron opción de hacerlo mucho más. De pronto, al cabo de una docena de metros, al apartar un matorral, vieron un calvero despejado del cual partían dos caminos a derecha e izquierda.

Y un poste indicador, de madera carcomida, muy viejo y con dos inscripciones hechas con extrañas letras góticas: FUENTE DEL BUEN SABOR y VALLE DE LA MANSIÓN SIN REGRESO.

2

APARICIÓN INESPERADA

Se detuvieron frente al poste, en silencio y expectantes. La inscripción FUENTE DEL BUEN SABOR señalaba el camino de la derecha. La inscripción VALLE DE LA MANSIÓN SIN REGRESO señalaba el de la izquierda. Ambos caminos descendían lentamente y se perdían en el primer recodo, devorados por el bosque.

Había algo de solemne y misterioso en aquellas letras.

—Vaya, y creíamos estar lejos del mundo —suspiró Ismael.

—¿Tú crees que por aquí pasa alguien alguna vez? —preguntó Elías.

Desde luego no había huellas por ninguna

parte, y el poste de madera parecía a punto de caerse por sí solo a causa de la humedad y el castigo de los años. Era como si en el fondo aquello estuviese allí desde la Edad Media, y fueran los primeros en descubrirlo en todo ese tiempo.

—¿Qué hacemos? —vaciló Ismael.

—Vamos por ahí a investigar, ¿no?

La mano derecha de Elías apuntó el camino de la izquierda.

Desde luego, ¿a quién le importaba una fuente comparado con una mansión con un nombre tan curioso?

—Vale —asintió Ismael sin pensárselo dos veces.

Ya no corrieron. De mutuo acuerdo aunque sin hablarlo, ya que para algo eran gemelos idénticos como dos gotas de agua, reanudaron la marcha, dando los primeros pasos en busca del «Valle de la Mansión Sin Regreso». Ni en la mejor de sus novelas de misterio habrían encontrado un nombre tan peculiar.

Aunque lo más seguro es que se encontraran con una vieja casona en ruinas, si es que existía tal mansión.

—Qué bien, ¿no? —dijo Elías con un halo de inquietud en la voz.

—Es lo único bueno que tienen los «días de campo» con papá —suspiró Ismael—. Como siempre vamos a lugares raros...

El camino era angosto, y muy pronto comenzó a torcer a derecha e izquierda, sin parar y de forma tortuosa. Algunas ramas lo cruzaban y tenían que ir apartándolas con cuidado. Sin embargo, el suelo estaba despejado, limpio. Ninguno lo dijo en voz alta.

—¿Y si resulta que está lejos? —Elías calculó la probabilidad de no llegar a la hora convenida.

No hubo tiempo para la respuesta de su hermano. De pronto giraron a la derecha y se encontraron frente a una fuente de piedra cubierta de moho verde y por la que manaba apenas un chorrito de agua limpia y cristalina. Estaba incrustada en una roca, y el camino moría en ella. A su alrededor, el bosque volvía a cerrarse de manera abigarrada.

—Pero si hemos tomado la dirección del valle —protestó Ismael.

—Alguien habrá cambiado el poste de lugar —sentenció Elías.

—Bueno, total han sido cinco minutos, ¿no?

Ya que estaban allí, se acercaron a la fuente para beber. Tal y como indicaba su nombre, el sabor era magnífico y el agua estaba muy fresca.

—A mamá le encantará esto —dijo Elías.

Retrocedieron desandando lo andado y, al llegar de nuevo al poste indicador, tomaron el otro camino. Apretaron el paso. No hacía falta decirlo: les picaba cada vez más la curiosidad.

El trayecto fue una copia del primero. Un sendero angosto, que se retorcía constantemente a derecha e izquierda, y con el suelo despejado pese a que al final las ramas que lo cruzaban por arriba casi les impedían andar. Y también como la primera vez, de repente, al girar a la izquierda, llegaron al final.

—¡Ahí va! —gritó Ismael.

Volvían a estar frente a la «Fuente del Buen Sabor».

Los dos hermanos se miraron, incrédulos. Estaban seguros de que el camino era distinto del anterior, y en ningún momento se habían cruzado con el primero. Sin embargo...

—Menudo misterio.

—Desde luego, la fuente es la misma.

Lo comprobaron, y no había la menor duda. O el bosque era un laberinto o aquello no tenía el menor sentido.

Desanduvieron lo andado por segunda vez, casi a la carrera y sin hablar, y no se detuvieron hasta llegar al poste indicador, tan solemne como siempre y con sus letras góticas apuntando a ambos lados.

—¿Qué hacemos? —vaciló Elías.

Si su hermano iba a contestar, no llegó a saberse, porque apenas había terminado de hablar cuando oyeron una voz a sus espaldas.

Una voz densa, profunda y gutural, como si saliera del mismo bosque.

—¿Puedo ayudaros en algo?

3

EL VIEJO DEL BOSQUE

Tuvieron que contener el grito que por poco escapó de sus gargantas estallando en el silencio. Lo que no pudieron evitar fue dar un respingo, un salto hacia adelante, mientras se volvían asustados por aquella inesperada interrupción.

Se encontraron frente a un hombre muy viejo, un anciano de cabello y barba muy largos y tan blancos como la nieve. Vestía una túnica negra, y se apoyaba en un bastón igual de retorcido que un sarmiento. Su cara estaba surcada por cientos, tal vez miles, de arrugas que se cruzaban y entrecruzaban formando una retícula cargada de historia. Sin embargo, sus ojos poco tenían que ver con esas arrugas o la edad. Eran

unos ojos muy vivos, que les miraban de forma directa y un tanto espectral.

—Vaya, sois iguales.

Dejaron que sus respiraciones se acompasaran, y ya más tranquilos lograron articular la primera palabra.

—Hola —dijo Ismael.

—Estábamos dando un paseo —dijo Elías.

—Sí, nuestros padres están ahí, al otro lado del bosque —continuó Ismael.

—Eso —ratificó Elías.

El viejo les lanzó una mirada chisporroteante.

—Domingueros —suspiró.

—¿Vives por aquí? —preguntó Ismael.

—Sí.

Sólo lo corroboró con un asentimiento de cabeza, pero no señaló en ninguna dirección.

—¿Conoces esa mansión? —Elías señaló el poste.

—Por supuesto.

—¿Cómo es?

—Un lugar mágico, cargado de leyendas.

Los dos hermanos se miraron excitados.

—¿Cómo se llega a ella? —preguntó Elías.

—Por el camino. —Al viejo pareció sorprenderle la pregunta.

—¿Por éste? —Ismael señaló el sendero indicado por el poste—. Está equivocado.

—No está equivocado.

—Hemos ido por él y hemos salido a la fuente, lo mismo que cuando tomamos el camino de ella.

—Eso es porque no habéis mirado bien.

—¿Cómo que no hemos mirado bien?

—A veces uno va despistado y no ve lo que tiene que ver.

—Nosotros hemos mirado bien —puntualizó Ismael.

—Pues yo diría que no.

Se enfrentaron a la extraña mirada del anciano. Por momentos parecía burlona, socarronamente irónica, y por momentos daba la impresión de ser inquietante y misteriosa. Pero les quedaba poco tiempo para regresar y sentían la excitación producida por aquella extraña casa. ¿Y si el viejo tenía razón? ¿Y si no habían visto un desvío o lo que fuese, cubierto por la maleza?

—¿De verdad que...? —dudó Elías.

—No tenéis más que seguir el camino, y él os conducirá a ella.

Levantó una mano y les señaló el camino, pero más bien fue como una orden. Sin apenas darse cuenta, como si algo más allá de su voluntad les impulsara, los gemelos dieron el primer paso.

Y el segundo.

—¿Está muy lejos?

—A no más de doscientos pasos.

Los dos miraron el camino, que ya giraba a la derecha. Luego volvieron a mirar atrás.

Pero el anciano ya no estaba allí.

Había desaparecido.

4

LA MANSIÓN SIN REGRESO

No supieron qué hacer.

—¿Dónde se ha metido?

—Ni idea. Es como si se hubiese esfumado.

—¡Bah, no era más que un viejo loco, uno de esos ermitaños que viven solos!

—¿Seguimos? —preguntó Ismael.

—¡Pues claro! —respondió Elías.

—Se nos va a hacer tarde.

—Le echamos un vistazo y nada más. Ya volveremos después de comer.

—De todas formas, seguro que damos otra vez con la fuente —suspiró Ismael desalentado.

Se concentraron en el camino, especialmente en ambos márgenes, buscando un posible desvío oculto por la maleza. Su paso era más lento que la vez anterior, y aún lo fue más a medida que avanzaban. Hasta detenerse.

—Oye —dijo Elías—, ¿hemos pasado antes por aquí?

—Supongo que sí, no sé.

—Parece... diferente.

Era cierto. No sólo el sendero, también el bosque que les rodeaba había cambiado, cerrándose aún más a ambos lados y por arriba, donde ya no se veía el menor retazo de cielo. El terreno, por si fuera poco, se iba escarpando más.

—No puede ser que éste sea el mismo camino de la primera vez.

—Esto es la mar de raro.

—¿Nos volvemos? —preguntó Elías exteriorizando sus dudas.

—¡No! —protestó Ismael.

—¿Y si nos perdemos?

—Mientras sigamos el sendero no podemos perdernos.

Pero no lo dijo muy convencido.

Unos metros más allá ya no pudieron avanzar uno al lado del otro, sino en fila india, y a veces agachados para esquivar las ramas de los árboles, o saltando entre ellas. La humedad se les pegaba a la piel.

—¡Cuidado!

Elías logró sujetar a su hermano, que había resbalado en una piedra cubierta de moho. Los dos quedaron sentados en el suelo respirando con agitación.

Estaban rodeados por el mayor de los silencios.

—Oye, esto no me gusta nada —reconoció Elías.

—Puede que tengas razón. Será mejor que...

Dejó de hablar. Una suave brisa procedente de alguna parte imposible, porque por allí era difícil que pasara nada, movió las ramas frontales, agitándolas lo suficiente para que, a través de ellas, distinguieran la silueta de un torreón de piedra.

Fue muy rápido.

La brisa cesó y las ramas volvieron a ocultarlo.

—¿Has visto eso? —susurró Ismael.

—¡Vamos! —dijo Elías poniéndose en pie.

No tuvieron que dar más de cinco pasos. El bosque terminaba de forma inesperada y allí, delante de ellos, en mitad de un pequeño valle rodeado por los árboles que lo envolvían sin casi dejarla respirar, vieron la casa, la Mansión Sin Regreso, un edificio enorme, viejo y parcialmente en ruinas, aunque sus fuertes muros de piedra se mantenían en pie con orgullo, lo mismo que el torreón, alto como la almena de un castillo. Las piedras estaban ennegrecidas por la humedad y el tiempo.

—¡Qué pasada! —exclamó Ismael.

—¡Puede que dentro queden cosas! —dijo Elías dejándose llevar por la imaginación.

Ya no pensaban en regresar. Toda precaución había desaparecido de sus mentes. La imagen era demasiado fascinante, y las sensaciones demasiado fuertes. Era un sueño hecho realidad:

una casa en ruinas en mitad de Ninguna Parte. Allí podrían jugar durante horas.

Se acercaron a la puerta, abierta de par en par.

Y ya no se detuvieron.

5

UN MUNDO DIFERENTE

La puerta de la casona era doble, muy alta y muy recia, hecha de madera gruesa, como de un palmo de espesor, y labrada con esmero, con cierto barroquismo. En el centro tenía dos pequeñas gárgolas en forma de león de cuyas fauces pendían sendas aldabas de metal oxidado. Los ojos de los leones eran fieros y miraban directamente a quien estuviese delante de ellos. Parecía como si quien fuese a coger la aldaba pudiera ver devorada su mano, tal era el realismo de los felinos.

Pasaron por entre las dos hojas de madera concentrados en lo que tenían delante, mientras el suelo, de madera, crujía bajo sus pies.

Más y más fascinados.

Y esta vez fue Ismael el que evitó que su hermano se cayera.

—¡Ah!

—¡Elías!

Lo hizo a tiempo, reaccionando con presteza. Al ceder el suelo bajo los pies de Elías lo sujetó por un brazo y eso evitó que él cayera, desprevenido, engullido por la oquedad. El muchacho quedó sentado, con los pies colgando y el corazón latiéndole con fuerza en el pecho, bajo un silencio de nuevo impresionante.

—El suelo debe de estar podrido —suspiró el recién salvado.

—No lo creo —dijo Ismael.

Elías miró el agujero y comprendió lo que su hermano quería decir. No tenía forma de accidente, sino de trampa. No había ninguna madera rota. Sólo un cuadrado inesperadamente vacío.

—Pero ¿qué...?

Ismael alargó la mano y cogió una piedra de

las muchas que había en la entrada, y la arrojó por el agujero. Los dos contuvieron la respiración unos segundos.

Uno, dos, tres...

Demasiados.

O aquello no tenía fin o...

Finalmente oyeron un chapoteo, muy lejano, apenas perceptible, un buen montón de segundos después.

Elías se levantó rápidamente.

—¿Y si hay más agujeros como ése?

—¡Fíjate! —exclamó su hermano de pronto.

Por extraño que pareciera, había una difusa luz en el interior de la casa. Una luz que provenía de las alturas, aunque no se veía ninguna grieta o resquicio en ellas. Desde el exterior, daba la impresión de que las ventanas estaban abiertas, o rotas, o ambas cosas a la vez, pero desde el interior no era así. Aparentemente, todas estaban cerradas, lo que incrementaba la sensación de misterio, como si se tratase de dos recintos distintos. La casa incluso parecía no ser tan ruinosa.

—¡Qué pasada!, ¿no?

Lo era. En mitad del vestíbulo había una estatua de bronce que representaba a un hombre con los brazos abiertos y la cabeza levantada. Vestía una túnica y llevaba el cabello y la barba muy largos. Desde su posición no podían percibir muy bien los detalles, pero habrían jurado que... se parecía al viejo del bosque.

La estatua tenía una inscripción labrada al pie.

MAGNUS.

Los gemelos se estremecieron sin saber por qué.

Al otro lado, vieron una única puerta, cerrada.

El único camino posible.

—Bueno, ahora sí —suspiró Ismael—. Mejor volvemos y después de comer ya tendremos tiempo de explorar todo esto.

Elías estuvo de acuerdo.

En realidad ya no les parecía tan buena idea registrar la Mansión Sin Regreso. No después de lo de la trampa.

Había algo muy siniestro en todo aquello.

Dieron media vuelta, dispuestos a echar a correr si fuese necesario, pero no tuvieron tiempo de dar ni un solo paso.

Ni uno.

Los dos batientes de la puerta se cerraron ante sus ojos, por sí solos, sin que nadie los empujara, en mitad de un gran estruendo que hizo temblar los muros del edificio y les paralizó el alma.

6

OBLIGADOS A SEGUIR

Pasaron del susto y la sorpresa a la reacción.

Se abalanzaron sobre la puerta, a la carrera, pasando de otras posibles trampas en el suelo.

E inmediatamente se dieron cuenta de la nueva realidad que los rodeaba.

—¡No hay ningún pomo, tirador..., nada! —gritó Elías palpando la madera.

—¡No puede ser! —dijo Ismael negándose a creerlo, aunque él tampoco veía nada que permitiera abrir la puerta.

—¿Y quién la ha cerrado? ¡No ha podido cerrarse sola!

—¡El viento!

—¿Qué viento?

Era una discusión absurda, y lo sabían. Producto de sus nervios a flor de piel.

Allí pasaba algo.

—Va, salgamos de aquí cuanto antes y regresemos, que si no nos la vamos a cargar —dijo Ismael tratando de apartar el miedo de su mente.

Empujaron la puerta con las manos, con los hombros y hasta con los pies. Pero fue inútil. Los dos batientes de madera parecían ahora sellados, y tan recios como los propios muros de piedra de la casona.

Aun así, lucharon contra el pánico.

—¡Las ventanas! —propuso Elías.

Seguía habiendo aquella extraña claridad, que por lo menos les permitía moverse sin estar a ciegas, aunque con precauciones. Y ya no les importaba de dónde venía. De no haber sido por ella aquello habría sido mucho peor. Siguieron la pared de su derecha hasta la primera de las ventanas que encontraron.

Les bastó un segundo para darse cuenta de que la situación era la misma que la de la puerta.

Ningún sistema de apertura interior.

Nada.

La ventana estaba sellada, firmemente fija, y los cristales, si es que los tenía, ocultos bajo contraventanas de madera que iban de arriba abajo. Unos barrotes de hierro no habrían sido más efectivos.

Corrieron hacia la siguiente.

Con el mismo resultado.

Y hacia la tercera.

Igual.

Todas las ventanas eran herméticas, impenetrables.

—¡Ismael, estamos encerrados!

—¡No digas tonterías! ¡A lo mejor aquí vive alguien y hemos puesto en marcha un sistema de seguridad o algo así!

—O sea, que nos la cargamos de todas todas.

Ismael levantó la cabeza.

—¡Eh! —gritó.

Ni siquiera se produjo un leve eco. Su voz quedó engullida por el silencio, absorbida igual que si las paredes de la mansión fueran de algodón.

—¿Hay alguien ahí? —insistió.

El silencio llegó a hacerles daño.

—¿Qué hacemos?

Se miraron, desconcertados. Ismael señaló la otra puerta, situada frente a la de la entrada. Era más pequeña y brillaba mortecinamente, como si tuviera luz propia.

—Por algún lado habrá una salida —insistió—. Aunque sea bajando desde el torreón.

Corrieron hasta la puerta, que sí tenía tirador para ser abierta, pero no llegaron a ponerle una mano encima, pese a sus nervios y a su alegría por el descubrimiento. Se detuvieron frente a ella al ver unas letras escritas en la superficie con los mismos caracteres góticos que el poste indicador del bosque.

Y lo que leyeron les congeló el último resto de calor que pudiera mantener su sangre caliente...

«Bienvenido, y adelante, pero recuerda que

sólo tu instinto podrá salvarte de pasar la Eternidad en esta mansión.»

—¿Qué significa... eso? —preguntó Elías con voz temblorosa.

Ismael no le contestó. No tenía ninguna respuesta.

Su mano bajó el tirador y, conteniendo la respiración, abrió la misteriosa puerta.

7

UN LABERINTO DE PUERTAS

Lo esperaban todo, menos aquello.

Un vestíbulo circular lleno de puertas exactamente iguales a la que acababan de atravesar.

Y todas con un rótulo escrito con las mismas letras góticas.

—Esto es de locos —gimió Elías.

—El dueño de esta casa debió de ser un millonario excéntrico —calculó Ismael.

Fuese como fuere, ya no importaba. Lo único que querían era salir lo más rápidamente posible.

Se acercaron a la primera puerta, sin abrirla, y leyeron la inscripción escrita a la altura de sus ojos:

«Por aquí morirás de risa».

—Lo que te decía: eso debió de pertenecer a un millonario excéntrico —repitió Ismael.

Iba a abrir la puerta. Su hermano le detuvo.

—Espera.

—¿Por qué?

—Es mejor no arriesgarse. Vamos a leerlas todas primero.

Elías tenía razón, así que apartó la mano del tirador y pasaron a la siguiente.

«Por aquí verás el futuro.»

—Alucinante —volvió a gemir Ismael.

Ya no aguardaron más. Continuaron leyendo las frases de todas y cada una de las puertas, a cual más misteriosa, curiosa o imprevisible. «Por aquí serás quien siempre quisiste ser», «Por aquí no hay salida», «Por aquí te morirás de miedo», «Por aquí volverás a tener unos pocos meses de edad», «Por aquí llegarás al último día de tu vida», «Por aquí ya no querrás salir nunca más», «Por aquí morirás de risa», «Por aquí el camino es más fácil»...

—¿Qué hacemos?

—No lo sé —reconoció Ismael.

Había nacido diez minutos antes que Elías, así que en cierta forma era el mayor.

Elías volvió a abrir la puerta por la que habían entrado allí. Al otro lado todo seguía igual. Desde el vestíbulo lleno de puertas, aquélla también tenía una inscripción. Rezaba: «Por aquí, ya lo sabes».

Sí, lo sabían.

Ninguna puerta decía, simplemente, «Salida».

—Vamos por ésta —decidió Ismael señalando la que ponía «Por aquí el camino es más fácil».

—¿Estás seguro?

No lo estaba, pero no se lo dijo. Se limitó a abrirla conteniendo la respiración.

Al otro lado vieron un pasadizo iluminado, como todo allí dentro, por aquella extraña y misteriosa penumbra.

—Vamos —dijo tomando la iniciativa.

Era un pasadizo bastante angosto, como el sendero del bosque. Tuvieron que recorrerlo en fila india, con cuidado, observando atentamente tanto el suelo como las paredes. Ya no se fiaban de nada. A los pocos pasos el pasadizo inició una curva a la izquierda, y ya no recuperó la verticalidad. La curva se hizo más y más pronunciada.

—Esto es claustrofóbico. —Elías se estremeció.

Acababa de decirlo cuando vieron una puerta al frente. Olvidaron toda precaución y corrieron hacia ella. Cómo no, vieron una inscripción cuidadosamente escrita en la madera. Una inscripción muy simple.

«¡Sorpresa!»

La abrieron.

Y les bastó una mirada para entenderlo.

—¡Oh, no! —barbotó Elías.

Volvían a estar en el vestíbulo circular lleno de puertas que acababan de abandonar unos momentos antes.

8

EL DOLOR DE LA RISA

—¡Esto es demasiado! —gritó Ismael golpeando la puerta con el puño cerrado.

—Pero ¿quién puede haber hecho una casa así?

—¿Una casa? ¡Esto es un laberinto de puertas! ¡Alguien muy retorcido está jugando con nosotros!

—¿Con nosotros? —Elías abrió unos ojos como platos—. ¡Pero si la mansión está en ruinas, y deshabitada, y en mitad de ese bosque perdido, ya lo has visto! ¡Esto más bien parece uno de esos castillos terroríficos de cualquier parque de atracciones!

—Sólo que no estamos en un parque de atracciones —suspiró Ismael.

Miraron una vez más las puertas. Cada una con su misterio detrás, un posible peligro o... ¿qué?

—¿Qué hacemos?

—No lo sé —reconoció Ismael.

—Papá y mamá pronto empezarán a impacientarse, y a llamarnos, y como ellos también se metan aquí dentro... —dijo Elías con voz temblorosa.

Su hermano alargó la mano. La puso en el tirador de la puerta con el rótulo «Por aquí morirás de risa».

Parecía la más inofensiva.

—¿Vamos? —preguntó buscando la aprobación de Elías.

—Vamos —asintió éste con la cabeza.

Abrieron la puerta.

Al otro lado había una estancia insólitamente grande. Insólita porque en el vestíbulo las puertas estaban muy cerca las unas de las otras, casi pegadas, y en cambio una vez del otro lado, aquella estancia era incluso mayor que el propio caserón visto desde fuera. Y el único acceso era la puerta en la que se encontraban.

O sea, que hasta las dimensiones cambiaban allí dentro.

—Bueno —sonrió Elías—, aquí estamos.

—Desde luego —dijo Ismael, y le devolvió la sonrisa.

Aún tenían miedo, pero se encontraban bien. Muy bien.

—Menuda aventura, ¿eh? —dijo Elías soltando una risita.

—Nadie nos creerá —le secundó Ismael.

Elías soltó una carcajada.

—¿De qué te ríes? —quiso saber su hermano.

—¿Y tú? ¿De qué te ríes tú?

—¿Yo?

—Te estás empezando a tronchar.

—Tú también.

Era cierto. Ismael fue el primero en doblarse sobre sí mismo, incapaz de dominar la risa. Elías no tardó en imitarle.

Las primeras lágrimas asomaron por sus ojos.

Y los huesos de las mandíbulas comenzaron a dolerles cuando las carcajadas avanzaron cada vez más, descomponiéndoles, atenazándoles incluso el estómago.

—¡E... lías...!

Ismael cayó al suelo, de rodillas. Nunca se había reído tanto, en la vida.

Aunque era absurdo. No tenía ningún motivo para estar así.

—¡Is... mael...! ¿Qué es... tá pa... san... do?

Ni siquiera habían avanzado un par de metros.

Se estaban muriendo de risa, literalmente.

Elías era el que estaba más cerca de la puerta. Logró retroceder, levantar la mano derecha, asir el tirador..., pero nada más. Lo intentó un par de veces antes de desistir. Estaba cerrada tan herméticamente como la del exterior.

Sus risas ya eran estentóreas, sus carcajadas sonoras, sus lágrimas enormes.

Y el dolor, mortal.

—¡Va... mos!

Hicieron un esfuerzo para levantarse y echar a andar, y lo consiguieron, a duras penas. Como si fueran muñecos articulados, cruzaron la enorme estancia buscando una salida que no encontraron. Ismael volvió a caer al suelo. Elías le sujetó. Se miraron el uno al otro. Reían y reían, sin parar, pero en sus ojos vislumbraron pánico.

No se veía apenas nada.

Salvo una tenue luz, frente a ellos.

Volvieron a correr y la luz se hizo más diáfana. Pronto pudieron ver dos nuevas puertas, con sus correspondientes rótulos. Lograron leerlos al llegar hasta ellas, no antes. La puerta de la izquierda decía «Lo que más deseas». La de la derecha «Lo que menos deseas».

Una curiosa y simple alternativa.

Aunque tampoco tenían tiempo para discutirlo.

Iban a estallar de tanto reír.

Ismael abrió la puerta de la izquierda. Temió que no pudiera hacerlo, pero lo hizo, gastando sus últimas energías. Luego sujetó a su hermano, a punto de caer al suelo una vez más, y le empujó.

Prácticamente los dos cayeron hacia adelante.

Y se metieron al otro lado, de cabeza, sin esperar, sin la menor precaución, al límite de sus fuerzas.

9

LOS FANTASMAS DEL ARMARIO

¿Qué era «lo que más deseaban»?

Salir de allí, volver con sus padres...

La puerta se cerró a su espalda, y ellos temieron levantar la cabeza por si debían enfrentarse a una nueva pesadilla. Habían dejado de reír, automáticamente, aunque aún tenían los ojos llenos de lágrimas y les dolía el estómago y la cabeza por culpa de aquella presión hilarante. De repente, oyeron otra risa.

Muy familiar.

Y vieron a su madre, sentada, con una taza de té en las manos.

Y a su padre, frente a ella, con un libro sobre las rodillas.

Estaban en el mismísimo salón de su casa.

—Pues yo creo que las próximas vacaciones deberíamos pasarlas en la montaña —decía en ese instante su madre.

—Estuvimos en la montaña hace tres años, y fue bastante aburrido —repuso su padre.

—Fue encantador, y mucho mejor que el año pasado. Tú te quemaste el primer día, y Elías casi se ahogó el día de las corrientes.

Los dos volvieron a reír.

Ismael y Elías apenas podían creerlo.

Estaban en casa, ¡en su casa!

—¿Mamá? ¿Papá? —murmuraron casi al unísono.

Ellos no les hicieron caso.

—Habrá que consultarlo con Ismael y Elías. Esto es una democracia —dijo la mujer.

—Eso no es justo. Ya sé lo que escogerán —protestó el hombre.

—Entonces deberás claudicar, querido.

Los gemelos se les acercaron. Temieron incluso levantar una mano y tocarles. Pero desde luego parecían reales, y tal vez lo fueran. Reales, aunque no auténticos. El lugar era el habitual, el salón de su casa, y su madre y su padre, los de siempre. Sólo que no podía ser. Era imposible.

—Elías, esto es una ilusión —manifestó Ismael.

—Queríamos salir de esta pesadilla, así que la puerta nos ha llevado a donde deseábamos.

—Pero no es de verdad, y no podemos quedarnos aquí, a no ser que nosotros también nos convirtamos en una ilusión.

—Ha de haber otra puerta.

Pese a todo, no se movieron. La sensación de paz y confort era demasiado fuerte, y las imágenes de sus padres demasiado tranquilizadoras.

De pronto, ella les miró.

—Ah, ya estáis aquí —dijo—. Precisamente hablábamos de vosotros y de las vacaciones.

¡Les veían! ¡Habían pasado a formar parte de la escena!

—Ha de haber otra puerta —insistió Ismael.

Elías estaba alucinado, inmóvil.

—¡Elías, vamos! —ordenó Ismael.

Él mismo sintió la tentación de abandonarse. ¿Para qué enfrentarse a nuevos peligros si allí estaban bien?

Luchó contra ella.

—¡Elías! —gritó.

Su hermano despertó de golpe.

—¿Qué?

—Salgamos de aquí ahora mismo o no podremos hacerlo nunca.

—Pero ¿por dónde?

No había ninguna puerta, salvo la que acababan de cruzar.

Ismael señaló el armario.

—¿Recuerdas? Nos escondíamos ahí cuando éramos más pequeños. Papá nos dijo que todas las familias guardan «los esqueletos y los fantasmas en el armario», y los buscábamos por si era verdad.

—¿Tú crees que...?

—Por probar, no perdemos nada. No podemos volver atrás.

Abrieron las puertas del armario. Estaba oscuro.

—¿Adónde vais? —quiso saber su madre con dulzura.

—Quedaos —propuso su padre en el mismo tono amable.

Les dieron la espalda, rehuyendo su influjo ilusorio, y se metieron en el armario. Luego cerraron las puertas tras ellos. Al instante, el lugar se convirtió en una estancia aparentemente espaciosa, aunque igualmente oscura, por la que avanzaron sin tomarse un respiro, con los nervios en tensión.

—¡Hola! ¿Qué estáis haciendo por aquí?

Pegaron un respingo. Era la tía Eleonora, la que había muerto el año pasado.

—Vaya, vaya, ¡los gemelos! —Se escuchó otra voz.

El tío Federico, también enterrado hacía mucho tiempo.

Ismael y Elías se miraron alucinados.

—¡Son los fantasmas, pero de verdad!

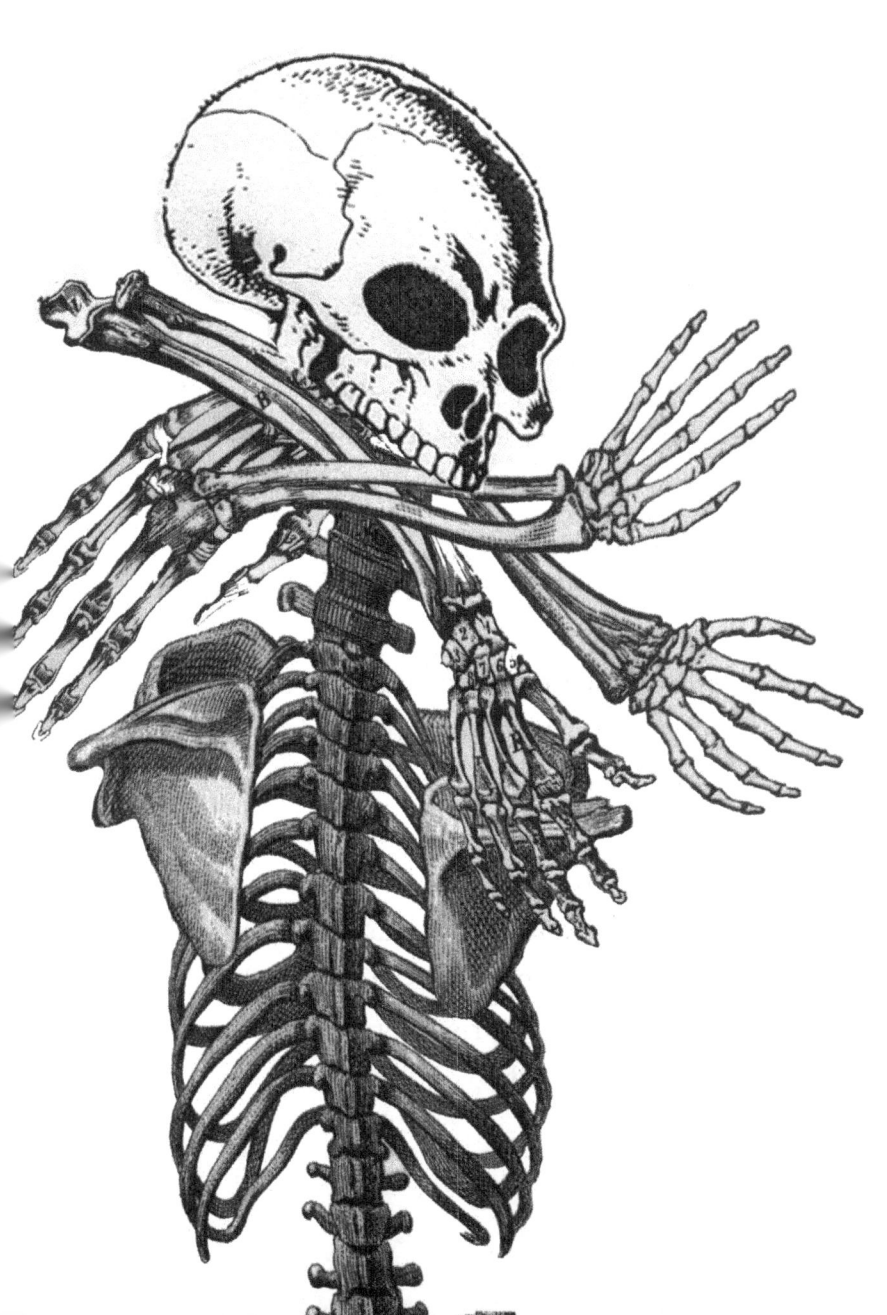

—¡Están en el armario!

Volvieron a correr, hacia adelante, huyendo de ellos, pero dejaban atrás a unos y aparecían otros. Así que era verdad. La frasecita de marras era cierta. Lo de «guardar los fantasmas en el armario» allí se cumplía.

Se encontraron con la abuela Lucía y el abuelo Marcos, con la prima Nadia y el tío Manuel. Y con muchos más. Todos les daban la bienvenida. Y cuanto más corrían, a ciegas, más tropezaban con fantasmas y esqueletos. Estos últimos eran los peores, porque no tenían ni idea de a quién pertenecían.

Hasta que de pronto apareció alguien, vestido con una saya y con capucha, sin rostro visible bajo ella, y con un saco en la mano.

—¡Oh, no! —gritó Ismael al reconocerle.

Ni siquiera pudieron huir. Su vieja pesadilla infantil, el Hombre del Saco, les cogió en un abrir y cerrar de ojos y les metió en él.

Ahora eran sus prisioneros.

Pero de verdad.

10

LA EXTRAÑA MAZMORRA

Les llevaba a alguna parte, desde luego, pero no tenían ni idea de adónde. Con el saco cargado sobre su espalda, lo único que notaban era el movimiento, y de tanto en tanto, también oían su voz, áspera y desagradable.

—¡A ver si os estáis quietos, bergantes, u os sacudo!

Quietos se estaban, pero pegados el uno contra el otro, así que de tanto en tanto tenían que moverse para quitar un codo de una costilla o la nariz de uno del ojo del otro.

—¡El Hombre del Saco! —no paraba de repetir Elías, abrumado por aquella realidad que de niños tanto les había asustado.

—Eso demuestra que lo que nos está pasando no es real —dijo Ismael—. El Hombre del Saco no existe. ¡Es demasiado fantástico!

—No será real, pero ni es un sueño ni podemos escaparnos, así que para mí ahora mismo es lo más real de mundo.

—¡Maldita casa! —farfulló Ismael con los dientes apretados.

—¡Silencio! —les ordenó su captor.

No veían nada. Ahora sí estaban completamente a oscuras. Y tenían miedo, lo reconocían. Mucho miedo. Comenzaban a entender por qué la casa se llamaba de aquella forma: Mansión Sin Regreso.

Nunca más verían a sus padres.

Vivirían para siempre allí, prisioneros de aquel delirante universo de puertas y misterios.

El Hombre del Saco se detuvo. Oyeron un gemido chirriante, los goznes de una puerta mal engrasada. Luego los depositó en el suelo, sin muchos miramientos, y tras eso, la parte superior del saco se abrió y vieron de nuevo la luz tenue y mortecina que dominaba los confines de la casa, aunque nunca supieran de dónde procedía. Más que ser extraídos del interior, fueron arrojados fuera de él. Rodaron por el suelo hasta ir a estrellarse contra una pared. Cuando recobraron la visión de su entorno, el Hombre del Saco ya estaba cerrando de nuevo la puerta, repitiendo el gemido de hierros chirriantes.

—¡Eh! —gritó Ismael.

No le hizo caso. La puerta se cerró del todo, con un estruendo final que hizo retumbar las paredes.

—¡Adiós, tunantes! —se despidió su carcelero.

—Pero...

Ismael iba a saltar sobre la puerta. No lo hizo. Su hermano le tiró del brazo. Sólo entonces paseó sus ojos por la estancia y se dio cuenta de dónde estaban.

En una verdadera mazmorra.

Una auténtica celda, húmeda, asquerosa, que olía apestosamente, llena de ratas por el suelo y varios esqueletos colgados de las paredes con grilletes oxidados, y tan lúgubre en su conjunto que con sólo unos segundos de estar allí cualquiera habría deseado morirse.

—¡Nos ha encerrado! —balbuceó Elías.

Las ratas ya se acercaban a ellos, curiosas por la compañía, o tal vez hambrientas.

Había algo más. Las cuatro paredes estaban llenas de inscripciones escritas con letras góticas, como las puertas por las que habían estado pasando hasta entonces. Comenzaron a leerlas, sabiendo que únicamente en ellas podía hallarse la clave de una posible liberación.

El juego continuaba.

En la reja de la ventana, que de cualquier forma parecía no dar a ninguna parte, leyeron «Escapa por aquí si tienes una lima». En la misma puerta, otra rezaba «Escapa por aquí si tienes dinamita para volarla». En el suelo había una con el texto «Escapa por aquí si tienes un pico y una pala». En la pared otra más decía «Escapa por aquí si tienes algo de hierro». En uno de los esqueletos un nuevo rótulo proclamaba «Éste no tenía nada». O sea, que encima el autor de todo aquello demostraba tener un macabro sentido del humor.

Las ratas ya les olisqueaban los pies.

—Vamos a escapar por ahí —dijo Elías, y señaló el rótulo de la pared.

Y sacó de su bolsillo su navajita cortaúñas.

—¿Con eso? —dudó Ismael.

—Es de hierro, y puntiagudo, ¿no?

Apartaron a las ratas con asco y se acercaron a la pared. La humedad era tan fuerte que la navajita se hundió en el cemento que unía los bloques de piedra como si fuera de mantequilla. Pronto vieron que no sólo era fácil, sino rápido. Rascaron todo el cemento que rodeaba una gran piedra y después la empujaron entre los dos, con todas sus fuerzas. La piedra empezó a moverse lentamente, y todavía tuvieron que trabajar más para rascar el cemento a medida que ésta cedía hacia atrás, pero la posibilidad de la escapada les animaba de forma decidida y ya no cejaron en su empeño.

Finalmente, la piedra cayó del otro lado, dejándoles libre el acceso a través del muro.

—¡Bien! —cantó Elías, feliz.

Pasaron sin problema por el hueco, y una vez libres vieron que se encontraban en una especie de pasadizo que se perdía a derecha e izquierda en la oscuridad. Esta vez no había letreros ni indicaciones.

—¿Por dónde? —preguntó Ismael.

No tuvieron ni tiempo de escoger.

Por la derecha surgió un rumor, creciente, inquietante, que les puso los pelos de punta porque era una mezcla de chillidos cortos y gemidos que nada tenían de humanos.

—¿Qué es... eso? —dijo Elías temblando.

La pregunta quedó desvelada en unos segundos.

Cientos, miles de ratas, avanzaban en tropel hacia ellos.

11

MÁS PUERTAS MISTERIOSAS

Casi no pudieron ni moverse, atenazados por el espanto. Si las de la mazmorra, que no eran más de una docena, eran horribles, aquéllas eran lo más espeluznante que jamás hubiesen visto, con los ojillos inyectados de sangre... o de hambre, que para el caso era lo mismo. Dado lo angosto del pasadizo, se pisaban unas con otras en su desesperada carrera, ya que formaban una especie de ola de un metro de altura.

Una ola que corría hacia ellos dispuesta a engullirles.

—¡Corre, Elías!

No era necesario que se lo dijese. Los dos emprendieron la huida con los talones golpeando sobre su trasero.

A pesar de los peligros que ello implicaba.

¿Y si tropezaban con ratas por delante y caían en una trampa? ¿Y si caían en un agujero del suelo? ¿Y si...?

—¡Mira!

Les habían sacado ventaja a las ratas, pero ahora se encontraban en una bifurcación. La de la derecha conducía a unas escaleras que descendían y la de la izquierda a unas escaleras que subían. Los indicadores no eran muy específicos. Uno decía «Por aquí se va abajo» y el otro «Por aquí se va arriba».

—¡Arriba! —dijo Ismael—. ¡Las ratas lo tendrán más difícil!

Subieron los escalones de tres en tres, aunque no fueron muchos. La escalinata desembocaba en un pasillo cerrado, sin salida, nuevamente lleno de puertas con sus correspondientes rótulos. No era cuestión de abrir la primera al azar, y tuvieron que volver a leer aquellas letras góticas que tanto odiaban ya.

Los chillidos de las ratas, aunque más lejanos, seguían oyéndose, y acercándose.

—«Puerta de los viajes», «Puerta de la vida», «Puerta del dolor»... —leyó Ismael.

—«Puerta del día», «Puerta de la noche», «Puerta de la despensa»... —leyó Elías.

—Desde luego, éstas parecen más inofensivas en su mayoría —se atrevió a considerar Ismael.

—¿Estás seguro?

Tenían delante la «Puerta de la despensa».

Y por detrás, las primeras ratas asomando ya sus bigotes por la escalera.

—Habrá que probar —suspiró Elías.

Y abrió la «Puerta de la despensa».

Se encontraron frente a una gigantesca despensa llena de comida, viandas exquisitas, montañas de pasteles, chocolates, jamones... y en medio, varias personas tan gordas que no podían ni moverse, comiendo con una voracidad espantosa.

—Pero ¿qué es...? —comenzó a decir Ismael.

Una especie de corriente les succionó hacia adentro.

—¡Cuidado! —le alertó su hermano comprendiendo la verdad—. ¡Si caemos dentro acabaremos como ellos!

Reaccionaron a tiempo. Uno se sujetó al quicio de la puerta, y el otro dio un paso atrás cerrándola con todas sus fuerzas.

—¿Conque inofensivas, eh? —jadeó Elías.

Ismael señaló a su espalda con los ojos desorbitados.

—¡Las ratas!

Ya estaban llegando al final de la escalera.

—¿Y si abrimos la puerta de la despensa para que se metan dentro?

—Es demasiado arriesgado. No sabemos si eso que nos succionaba puede atraparnos junto con ellas. ¡Hemos de buscar otra puerta!

Echaron a correr por el pasillo, leyendo al mismo tiempo los rótulos de las puertas situadas a ambos lados. Ninguna decía «Salida», que era lo que más deseaban.

Hasta que se encontraron al final del pasillo, frente a las dos últimas puertas.

—¿Y ahora qué? —dijo Elías temblando mientras miraba hacia atrás, en dirección al tropel de ratas hambrientas.

Una puerta tenía la inscripción «Por aquí, al punto de partida». La otra «Por aquí, a lo desconocido».

—¡El punto de partida debe de ser la sala de la estatua, y vuelta a empezar con todo otra vez! —gimió Elías más y más desalentado.

—Pues ésta... —La mano temblorosa de Ismael señaló la puerta de «lo desconocido».

Las primeras ratas se les echaron encima, mordisqueándoles los pies.

Y Elías abrió la puerta.

«Por aquí, a lo desconocido.»

Fue visto y no visto.

Porque nada más abrirla y dar el primer paso, fue engullido por el hueco y desapareció.

Su grito se perdió rápidamente en las profundidades del abismo.

12

DEL ABISMO AL FUTURO

Ismael se quedó paralizado.

Luego se asomó al hueco.

Ya no vio a su hermano. La oscuridad se lo había tragado. Lo único que aún se oía, mientras se perdía en la distancia, era su grito de angustia.

Un grito que parecía hacerse eterno.

—Elías... —balbuceó muy asustado.

Se habría rendido, abandonándose por completo, de no ser porque el instinto de supervivencia era más fuerte que su miedo. Notó la mordedura de una rata en el tobillo y eso le hizo reaccionar. Primero se giró y les dio varias patadas a las que estaban ya sobre él o rodeándole.

Pero luego comprendió que ya no tenía escapatoria. La oleada de roedores estaba a pocos metros.

Su única posibilidad era abrir la otra puerta del final del pasillo.

La que conducía al punto de partida.

Y lo hizo, sin pensárselo dos veces, aunque lleno de rabia y frustración por lo sucedido con Elías y por tener que irse de aquella forma.

Era como si le abandonara.

Abrió y cerró la puerta velozmente, para que ninguna de las ratas se colara por el hueco. Y en efecto, nada más cerrar la puerta, vio que se encontraba en el vestíbulo circular al que habían ido a parar después de estar en la sala de la estatua de Magnus. El vestíbulo con las primeras puertas de aquel mundo de pesadilla.

Leyó por aquel lado la que acababa de atravesar.

«Por aquí, te morirás de miedo.»

No le extrañaba. De miedo o comido por las ratas. Demencial.

—¿Y ahora qué? —se preguntó en voz alta.

Ya conocía los rótulos de aquellas puertas, «Por aquí morirás de risa», «Por aquí verás el futuro», «Por aquí serás quien siempre quisiste ser», «Por aquí no hay salida», «Por aquí te morirás de miedo», «Por aquí volverás a tener unos pocos meses de edad», «Por aquí llegarás al último día de tu vida», «Por aquí ya no querrás salir nunca más», «Por aquí el camino es más fácil»...

Conocía sólo la que acababa de cruzar en sentido inverso, y las de los rótulos «Por aquí morirás de risa» y «Por aquí el camino es más fácil», y no se fiaba de ninguna de las otras teniendo en cuenta lo que les había pasado en esas dos. No quería ver el último día de su vida, ni volver a tener unos meses de edad y ser un bebé, ni ser quien siempre quiso ser porque como su sueño era convertirse en astronauta, ya se veía flotando en mitad del espacio. Las opciones se iban reduciendo.

Miró la puerta con la inscripción «Por aquí verás el futuro».

Ver el futuro no era bueno, pero de entre todas las opciones que le ofrecían las puertas, parecía la menos mala. Así al menos sabría si saldría algún día de allí o si se haría viejo entre los muros de la Mansión Sin Regreso, aunque más bien debiera llamarse la Mansión de las Mil Puertas.

¿Qué le quedaba? Había perdido a su hermano, estaba solo, prisionero de aquella locura.

Tenía que arriesgarse.

Y abrió la puerta.

13

LOS ESPEJOS ANIMADOS

Primero, metió la cabeza, con precaución, por si estaba a tiempo de retroceder. Pero casi al momento se tranquilizó. Al otro lado de la puerta lo único que había eran espejos, cientos de espejos, pequeños, grandes, de todos los tamaños. Espejos puestos de pie que se perdían a derecha e izquierda, a lo largo y ancho de aquella nueva sala en la que no se divisaba ninguna pared, ni siquiera junto a la puerta en la que se encontraba. Por aquel lado, la puerta parecía flotar en medio de la nada.

Entró y la cerró.

Luego la rodeó por detrás, para estar seguro de que no estaba soñando.

Aquello era extraordinario.

Volvió frente a la puerta, la abrió, y miró al otro lado, al vestíbulo circular. Era muy extraño porque a través de la puerta veía un mundo en tres dimensiones normal y corriente y, en cambio, si sacaba la cabeza del hueco y la movía hacia la derecha o la izquierda lo que veía era una simple puerta en mitad de un gran espacio lleno de espejos.

Se olvidó de la puerta. Tenía que enfrentarse a los espejos.

Al futuro.

Lleno de precauciones y recelos avanzó hacia el primero. Casi temía mirarlo. Lo hizo como de refilón, para poder apartar los ojos rápidamente en caso necesario. Allí todo eran trampas para fastidiar a los tontos como ellos, que se habían metido en una casa alucinante como si tal cosa.

No tuvo que apartar la mirada.

En el espejo vio a sus padres delante de una tumba, llorando, y en la tumba sus nombres: Ismael y Elías.

Se le hizo un nudo en la garganta.

Estaban muertos.

O sea... que primero Elías y luego él morirían allí.

Tuvo que hacer un gran esfuerzo para no rendirse y moverse. Lo hizo y miró otro espejo, y otro más, y otro más.

El futuro era espantoso.

Y desde luego, ni él ni Elías estaban en él.

Estaba mirando los espejos de la parte derecha. De pronto giró la cabeza y miró los de la izquierda.

Casi dio un grito al verse a sí mismo en el primero de ellos.

Se acercó y escrutó la imagen.

Estaba en la mansión, eso era evidente, y entraba por una puerta en la que se leía «Preguntas y respuestas».

Sólo eso.

La imagen se repetía una y otra vez.

Miró los otros espejos.

En el primero estaba nadando, a punto de

ahogarse, en el segundo estaba con su hermano, en el tercero...

¿Su hermano?

¡Era el futuro, y Elías estaba con él!

Se le aceleró el corazón. Los espejos de la izquierda mostraban el futuro más próximo, y los de la derecha el más lejano. Pero lo más importante era que su hermano estaba en ese futuro más cercano. En algún momento debían volver a reunirse, aunque... ¿cuándo?

¿Y cómo?

Miró en más espejos, a derecha e izquierda. En ninguno vio el punto de unión entre los dos futuros, el inmediato y el lejano, uno con ellos y otro sin ellos. Faltaba el vértice que los uniera a los dos. ¿Qué podía significar eso?

¿Dónde podía estar aquella puerta con la inscripción «Preguntas y respuestas»?

Comenzó a correr por entre los espejos, mirándolos tan sólo de refilón al pasar junto a ellos. El caudal de imágenes era casi como un grito en su mente. A los pocos pasos comenzó a ver escenas más próximas, como por ejemplo a sí mismo corriendo por entre los espejos situados más allá.

La puerta debía de estar allí, cerca.

Redobló sus esfuerzos, su carrera, su esperanza.

Un buen rato después, su ánimo había menguado bastante.

Aquella estancia era infinita, no tenía paredes. Y sin paredes no había puertas, salvo que la encontrara en mitad del suelo, como la que le había llevado hasta allí.

Se detuvo y se miró en el espejo más próximo.

Volvió a verse a sí mismo entrando en la puerta de «Preguntas y respuestas».

Iba a pasar de largo cuando de pronto lo comprendió.

Allí estaba la clave.

No se veía ningún espejo.

Sólo la puerta y él.

De pronto lo vio claro y ya no vaciló ni un instante. Después de todo, ansiaba hacerlo.

Romper los espejos.

Cambiar el futuro, tal vez.

Empujó el espejo que tenía delante, y éste cayó al suelo, haciéndose añicos al estrellarse contra él.

Al momento todo comenzó a temblar.

14

EL VIEJO

Temió haber desencadenado un terremoto y que la mansión se viniera abajo, sepultándole con ella.

Los espejos comenzaron a caer, uno a uno, despacio, solemnes, igual que altas torres derribadas por la mano invisible de un viento huracanado. Y con cada uno, con su estropicio al estrellarse contra el suelo, la agitación del entorno se acrecentaba, aumentaba vertiginosamente. Ismael estuvo a punto de caer una, dos docenas de veces, pero procuró mantener el equilibrio, esquivando además los espejos más altos en su caída.

Se dio cuenta de algo más.

Todos los espejos, una vez rotos, se desvanecían.

Desaparecían sin dejar rastro.

El terremoto duró dos o tres minutos más, aunque a él le pareció una eternidad.

Finalmente, cuando el último de los espejos se rompió y se evaporó en el aire, cuanto le rodeaba cambió.

Aparecieron cuatro paredes de piedra, cercanas, como todas las de la casa, y dos puertas situadas una frente a otra.

La primera ya la conocía, porque era la que le había llevado hasta la sala de los espejos del futuro.

La otra era la que estaba señalizada con las palabras «Preguntas y respuestas».

Tal vez allí, al otro lado, supiera finalmente qué diablos estaba sucediendo y qué era todo aquello.

Abrió la puerta y al otro lado no vio nada.

Luego entró.

Y la cerró.

El lugar era mucho más oscuro que el resto, y parecía también más siniestro, aunque sólo fuera porque allí dentro hacía más frío, un extraño frío que penetraba en la carne y calaba los huesos. Flotaba una leve neblina cargada de humedad.

—¿Hay alguien aquí? —preguntó en voz alta.

Bueno, ¿y si las respuestas las daba un ordenador, por ejemplo?

Comenzó a andar, en línea recta, y no dejó de hacerlo durante más de cien pasos, hasta que, finalmente, a lo lejos, vio un resplandor. Una luz en la oscuridad. Reanudó la marcha con más brío, y a medida que el resplandor se hizo más fuerte, corrió más y más hasta acabar haciéndolo a la carrera.

Pronto vio una silueta, una figura humana bañada por la luz de aquel resplandor.

—¡Eh! —llamó.

Ni la figura se movió ni el resplandor cambió de tono. Siguió corriendo hasta que poco a poco empezó a ver algo más.

Comenzó a reconocer a la persona iluminada por la luz.

El viejo.

¡El mismo anciano del bosque que prácticamente les había empujado hasta allí!

15

ILUSIONES

No se detuvo hasta llegar frente a él, casi al borde del halo luminoso que, proveniente de algún lugar situado más arriba, le bañaba de cabeza a pies. La humedad y la neblina de las alturas impedían ver la procedencia de aquel resplandor, parecido al chorro luminoso bajo el cual actuaban los cantantes de rock.

Primero pensó que era una estatua, porque el anciano del cabello y la barba blancos no se movía y tenía la cabeza erguida y la mirada perdida. Pero eso fue tan sólo una sensación pasajera.

—Hola —dijo de pronto el hombre.

Y le miró.

Ismael dio un paso atrás, asustado.

—¿Quién eres? —preguntó.

—Ya lo sabes —contestó el viejo.

—No, no lo sé.

—Soy el anciano que has visto hace un rato en el bosque.

—Eso ya lo sé.

—Claro. Ya te he dicho que lo sabías.

—Yo me refería a quién eres en realidad, cómo te llamas, qué haces aquí, qué es esto, qué está pasando aquí.

—Son muchas preguntas.

—La puerta ponía «Preguntas y respuestas», así que contesta.

—¿Qué quieres saber?

—¿Quién eres?

—Magnus.

—¿Y?

—Nada. Sólo Magnus. ¿Quién eres tú?

—Ismael.

—Pues muy bien. Tú eres Ismael y yo soy Magnus.

—Vale —suspiró él—. ¿Qué clase de lugar es éste?

—La Mansión Sin Regreso.

—¿Por qué se llama así?

—Porque nadie que entre en ella regresa jamás.

Ismael tragó saliva.

—¿Nadie? —balbuceó.

—Hasta ahora, no.

—¿Por qué?

—¿Por qué, qué?

—¿Por qué está esta casa en mitad del bosque?

—En algún lugar deben estar las casas, ¿no? ¿Qué tiene de raro que ésta esté aquí?

—¡Oh, vamos, no me tomes el pelo! —exclamó Ismael con enfado—. Dime si hay alguna forma de escapar.

—Por supuesto que la hay —respondió Magnus.

—¿Cuál?

—Eso es cosa tuya.

—¡Pero si esto es un laberinto de puertas sin sentido!

—Todo tiene un sentido, y no hay más que actuar con lógica.

—¿Cómo quieres que actúe con lógica cuando mi hermano ha desaparecido y nos han perseguido miles de ratas y casi nos morimos de risa o por poco nos vemos atrapados en una despensa llena de comida?

—Yo no he hecho las reglas.

—¿Ah, no? ¡Esta casa es tuya!

—No. —Magnus negó con la cabeza—. Esta casa está en ti, y en tu hermano, y en todas las personas con sentimientos, miedos, alegrías... La casa está viva, y ahora formáis parte de ella.

—¡No me vengas con rollos! —lo detuvo Ismael, más y más enfadado cada vez—. ¡Quiero a mi hermano, y quiero que salgamos de aquí!

El viejo le miró fijamente.

Comenzó a sonreír.

—Las cosas no se dan, amigo mío: se ganan —susurró Magnus lentamente.

—¿Ah, sí? —Ismael cerró los puños. Ya no podía más—. ¡Pues vas a ver tú si...!

Saltó sobre el viejo inesperadamente, dispuesto a reducirle por la sorpresa.

Pero pasó a través de él como si no fuera más que... una ilusión.

Cayó del otro lado y giró la cabeza. Magnus también le miraba, sonriendo con socarronería, pero no de espaldas, sino de cara.

—Deberías reservar tus energías para lo que te espera, amigo —le dijo.

E Ismael comprendió el sentido de aquella luz cenital, la realidad de lo que acababa de suceder.

—¡Eres un... holograma! —exclamó alucinado.

16

CON EL AGUA HASTA EL CUELLO

Lo último que vio fue la sonrisa burlona de Magnus. Lo último que escuchó fue el eco de esa burla.

El anciano comenzó a desvanecerse en el aire.

—¡Espera! —gritó Ismael—. ¡No te vayas!

Magnus se evaporó sin dejar rastro, y a continuación lo hizo la luz.

Ismael temió quedarse a oscuras, pero las sombras tan sólo perduraron unos segundos. Al momento reapareció la claridad que reinaba en toda la casa y a pocos pasos vio una pared con las inevitables puertas.

Tres.

Ya no tenía sentido llamar a Magnus. Sabía que no volvería. Las preguntas habían sido muchas, pero las respuestas escasas, salvo algunas, como que la casa «estaba viva» o...

Magnus le había dicho que era posible salir de allí.

Actuando con lógica.

Pero ¿qué clase de lógica tenía todo aquello?

¿Cómo se actuaba con lógica frente a lo ilógico?

Se levantó y se acercó a las puertas. Había una palabra en cada una y nada más. Una palabra, por otro lado, significativa.

«Tierra», «Aire», «Agua».

¿Cuál abrir?

Se acercó a la primera, «Tierra», y aplicó el oído a la madera. Al otro lado escuchó, con nítida virulencia, el rugido de un león. Fue tan brutal que se apartó al instante, como si de pronto una garra pudiera atravesarla. Por contra, en «Aire» y «Agua» no oyó nada. Silencio. Descartada «Tierra», debía razonar su elección.

Si en la puerta de «Agua» salía a un mar, un océano, un lago o lo que fuera que tuviera agua, como así parecía, sabía nadar, mientras que si en la puerta de «Aire» se encontraba flotando en mitad del cielo...

Se resignó. De todas formas todas las puertas tenían una u otra trampa.

Abrió la puerta señalizada con la palabra «Agua», dispuesto a lo que fuera, incluso a que inmediatamente se desbordara un caudal líquido a través de ella, pero no sucedió nada de lo que esperaba. Al contrario, se encontró en una sala de paredes metálicas.

Y no había ninguna otra puerta en sus cuatro paredes.

Aunque sí arriba, en el techo, y abajo, en el suelo.

La de arriba tenía el rótulo «Arriba». La de abajo, el rótulo «Abajo».

La puerta por la que acababa de entrar se cerró sola.

Ya no le extrañó que no pudiera abrirse desde dentro. Ni que de pronto, de las cuatro esquinas superiores, empezara a manar agua con una intensidad total.

Era evidente que sólo tenía dos opciones. Salir inmediatamente por la puerta del suelo, o esperar a que la habitación se inundara, y llegar al techo para salir por la puerta superior.

¿Qué era lo lógico?

El agua ya tenía un par de palmos. La estancia se llenaba con mucha rapidez.

—Lo lógico es salir por el suelo, y es lo que haría cualquiera al ver aparecer el agua, pero parece demasiado fácil. Lo difícil es tener la sangre fría de nadar y esperar a que el agua suba de nivel para abrir la puerta de arriba.

No las tenía todas consigo, pero tampoco podía pensar demasiado. El agua subía y subía a toda velocidad. Pronto le llegó a la cintura, luego al cuello. Todavía tenía los pies en el suelo, pero finalmente se vio obligado a mantenerse a flote cuando rebasó el nivel de su estatura. El techo estaba a un metro de su cabeza. No tendría el menor problema para nadar hasta poder abrir la puerta.

Esperó que las aguas subieran sin apartar sus ojos de aquella puerta.

«Arriba.»

¿Qué habría «Arriba»?

¿El torreón tal vez?

Su hermano había caído hacia abajo.

«Abajo.»

Si él iba arriba... Pero abajo la fuerza de las aguas...

Lógica.

Magnus se lo había dicho.

¿Qué era lo lógico?

¡Lo lógico era que pensara como lo estaba haciendo, pero Magnus no jugaba limpio! ¡Nunca lo había hecho! ¡Así que lo lógico era que desconfiara!

Y en tal caso...

¡No, no podía ir hacia arriba!

¡Elías estaba en algún lugar de allá abajo!

Tenía ya la puerta superior al alcance de su

mano, pero lo que hizo fue coger aire y sumergirse, braceando hacia el suelo de nuevo.

Puso la mano en el tirador de la puerta inferior y se preparó para la caída.

Aunque lo peor no era caer, sino que si se equivocaba...

17

LA SORPRESA DEL POZO SIN FIN

La puerta se abría hacia fuera, así que no tuvo más que girar el pomo para que el agua hiciera el resto. Sintió la succión, el empuje violento de la masa líquida que tenía encima, y buscó algo a lo que asirse. Por un par de angustiosos segundos pensó que estaba perdido, que la maldita lógica le había traicionado.

Luego su cuerpo fue a dar con algo sólido, plano.

Y se quedó allí, quieto, inmóvil, mientras el agua le acababa de caer encima y se perdía por alguna parte que de momento no podía siquiera ver, ciego por el torrente líquido y deseando poder volver a respirar.

Cuando por fin cesó la avalancha líquida, levantó la cabeza.

Sin moverse.

Eso le salvó la vida.

Porque se encontraba en una especie de plataforma suspendida en el vacío, a un lado de un pozo sin aparente fin, ni por arriba ni por abajo. La puerta por la que acababa de caer estaba encima de él, a menos de un par de metros de distancia, todavía abierta. La plataforma se hallaba justo debajo. Pero si se hubiera movido un poco o si hubiera caído mal, habría ido a parar a lo desconocido, lo mismo que el agua.

¿Y ahora?

Frente a la plataforma había dos puertas más, inevitables, y también con dos simples palabras escritas en ellas. «Calor», la de la derecha, y «Frío», la de la izquierda.

Tenía que seguir.

Su odisea a través de los misterios de la mansión continuaba.

Pero no se movió de donde estaba.

Tuvo un repentino estremecimiento. Volvió a mirar el pozo o lo que fuera.

Se parecía mucho al lugar por el que Elías...

Volvió a estremecerse.

¡Había pensado en Elías al decidir abrir la puerta inferior! Había recordado que su hermano estaba en algún lugar de «abajo», y por extraño, por inverosímil e increíble que pareciera...

Era lógico.

Miró hacia arriba.

No vio nada, pero escuchó algo.

Un grito.

Un grito que se acercaba rápidamente.

—¿Elías?

Lo pronunció en voz baja, casi con pasmo, pero lo repitió al momento, a pleno pulmón.

—¡¡¿Elías?!!!

La respuesta pareció surgir del Más Allá, pero fue audible pese a todo.

—¡¡¡Ismael!!!

Era su hermano, que seguía cayendo, y cayendo, y cayendo eternamente por aquel pozo sin fin.

18

DOS MANOS QUE SE ENCUENTRAN

No lo veía todavía, pero los gritos iban haciéndose más y más claros. Elías ni siquiera lo había oído al gritar su nombre. Le llamaba pidiendo ayuda y eso era todo.

El pobre debía de estar muy asustado.

Tenía que prepararse.

Pero ¿cómo?

Elías caía a peso, y si no se destrozaba el cráneo contra el borde de la plataforma, pasaría como un rayo por su lado y seguiría cayendo y cayendo eternamente, porque estaba bastante claro que aquel pozo no tenía fin. Ni comienzo.

Elías llevaba muchos minutos cayendo, y sin embargo «todavía estaba ALLÍ».

¿Podría cogerle extendiendo una mano?

¿Así de fácil?

Lo más probable es que Elías le arrastrara también a él.

Escrutó las alturas sin saber cómo dominar aquella impotente desesperación, y de repente creyó ver algo, un destello, un reflejo, una silueta.

Contuvo la respiración.

Los gritos de su hermano eran espantosos.

—¡¡¡Ismael, ayúdame!!!

Le vio, ¡le vio! Todavía de forma imperceptible, lejana, pero desde luego era él. Y para su alegría, pronto pudo comprobar que Elías no caía a peso y en vertical, sino dando vueltas en espiral y de manera mucho más lenta. Igual que si el pozo fuese un tobogán de aire.

¡Tenía una oportunidad!

Se preparó. Buscó la forma más idónea de situarse en la plataforma para coger a Elías y que éste no le arrastrara en su caída. Por si fuera poco, tanto él como el suelo estaban mojados

por el agua. Pero ya no tenía más opciones. Esperó un poco más, hasta que Elías se hizo visible a unos cincuenta metros de altura.

—¡Elías! —le llamó.

Su hermano, que en ese momento estaba bocabajo, movió la cabeza mientras daba vueltas en espiral a lo ancho del pozo en su suave caída.

—¿Ismael? —gritó.

—¡Aquí abajo! —exclamó agitando una mano—. ¡Prepárate!

Pese a que el descenso no era a peso, el peligro seguía siendo evidente. Si Elías, justo al pasar por delante de la plataforma, lo hacía por la parte más alejada, difícilmente podría agarrarle. Por contra, si la espiral del descenso le aproximaba...

Ismael extendió la mano derecha.

Las dos de Elías ya lo estaban desde el momento en que le vio.

—¡Tranquilo!

—¡Ismael, no me dejes caer!

Veinticinco metros.

Veinte.

Quince.

Ismael calculó las vueltas que le faltaban para llegar a su alcance.

Diez metros.

Cinco.

Los ojos de su hermano estaban orlados de pánico.

—¡Ahora, Elías!

Pasaba cerca, ¡pasaba cerca!

—¡Ismael!

Sus manos se encontraron en el aire. Ismael le asió primero, y tiró de él después, con todas sus fuerzas. La suavidad del descenso de Elías hizo el resto.

Los dos cayeron en la plataforma, juntos de nuevo.

Y se abrazaron temblando, felices, aunque supieran que la pesadilla no había terminado.

19

EL DESIERTO MÁS TÓRRIDO

Aunque no había mucho tiempo para abrazos ni lágrimas de alegría.

—¡Hay que salir de esta ratonera como sea! —dijo Ismael con las mandíbulas apretadas y toda la tensión que acababa de pasar aflorando en su piel.

—¿Cómo has llegado tan rápido hasta aquí abajo? —quiso saber Elías, aún temblando.

—Es una larga historia.

—¡Pero si acabo de caerme! —exclamó Elías.

—¿Que acabas de...?

No tenía la menor noción del tiempo que llevaba solo, pero desde luego era mucho. Una enormidad.

Y su hermano decía que él acababa de caerse.

Salvo que allí dentro el tiempo también estuviese loco...

—Sea como fuere, seguimos igual, con esas malditas puertas por todas partes. —Ismael señaló las de la plataforma.

—¿Y arriba? —preguntó Elías.

—De ahí es de donde vengo yo, y no hay salida.

Miraron las dos puertas. «Calor» y «Frío». Las dos alternativas parecían igualmente malas y perversas si es que allí detrás seguían amontonándose los problemas, como los habían tenido a lo largo de sus anteriores experiencias con las puertas de la casa.

—No me gusta el frío —dijo Elías temblando.

—Y yo estoy mojado —asintió Ismael.

Intercambiaron una última mirada de ánimo, y a continuación Ismael puso una mano en el pomo de la puerta. Luego la abrió.

Al otro lado hacía calor, aunque era un calor soportable. No se veía nada y tuvieron que traspasar el umbral de la puerta. Una vez más, ésta se cerró sola, y entonces ante ellos apareció un enorme desierto, infinito, abierto de extremo a extremo del horizonte. Un desierto de arenas tórridas y dunas impolutas.

Miraron atrás.

La puerta había desaparecido.

—¡Oh, no! —se lamentó Ismael desanimado—. Nunca saldremos de aquí. El maldito Magnus...

—¿Magnus? —dijo Elías frunciendo el ceño.

—He hablado con él. Magnus es el viejo que nos encontramos en el bosque. Me dijo que si actuaba con lógica, saldría de aquí. Pero no hay más que trampas por todas partes. Y cuando he estado en los espejos del futuro no he visto...

—¿Espejos del futuro? —le interrumpió de nuevo su hermano.

Tuvo que contárselo. Referirle todos sus pasos desde que él se había caído por el agujero hasta que se habían reencontrado. Elías abrió unos ojos como platos.

—Ese viejo está loco, pero desde luego esta casa es...

—¿Cómo se entiende que estemos dentro de una casa? —Ismael abarcó el desierto con ambos brazos—. ¿Y ese pozo por el que has caído durante unos segundos para ti y muchos minutos para mí? Esto ha de ser por fuerza algo sobrenatural, otra dimensión o algo así.

—¿Una nave extraterrestre?

—Soy capaz de creérmelo todo.

—Sólo sé que papá y mamá llevarán horas buscándonos —dijo Elías, abatido.

—Magnus me dijo que esta casa estaba viva, y que formábamos parte de ella, y que estaba en nosotros, en todas las personas con sentimientos, miedos, alegrías...

—¿Qué significa eso?

—Puede que la casa obedezca a nuestros propios estímulos, como por ejemplo cuando apareció el Hombre del Saco, que tanto miedo nos daba de niños.

—¿Y este desierto?

—¿Recuerdas aquella vez que nos perdimos con el coche y pasamos horas sin beber?

—Fue espantoso.

—Y a veces lo recordamos.

—Entonces...

—Sigamos andando. Seguro que llegaremos a alguna parte, y aparecerán más puertas, nuevas pruebas.

Así lo hicieron.

Pero una hora después, o más, o quién sabe si menos, el desierto seguía siendo infinito, el calor agobiante y el sol tan aplastante que apenas si arrastraban ya los pies por la arena, al borde del desfallecimiento.

—¡Magnus! —gritó Ismael de pronto.

No hubo respuesta.

Y se dejaron caer sobre la ardiente arena, al borde de la extenuación.

20

ESPEJISMOS MUY REALES

No hablaron durante un par de minutos. Hasta que Elías rompió aquel silencio que les quemaba tanto como el sol.

—¿Y si hubiéramos abierto la puerta que decía «Frío»? —gimió.

—Estaríamos muriéndonos de frío. —Ismael fue terminante—. Ésa es la maldita lógica a la que se refería Magnus.

—¿Y cómo podemos actuar con lógica aquí, en mitad de este desierto?

—No tengo ni idea. En los desiertos no hay nada, nunca. Por eso se llaman así: desiertos, porque nunca hay nada.

—Espejismos —dijo Elías.

—Ya —se burló Ismael, molesto—. Sólo faltaría eso.

—No, si yo lo decía por aquellos. —Señaló su hermano.

Giró la cabeza y los vio.

Desde luego, lo eran. Puros espejismos. Aunque resultaba muy raro que hubieran aparecido en ese momento.

Un rascacielos, un barco, un oasis.

Ninguna puerta.

—¿Vamos? —preguntó Elías.

Podían ser de verdad. ¿Por qué no? Ismael se puso en pie y le ayudó a hacer lo mismo.

No iban a rendirse sin luchar.

Caminaron impulsados por la esperanza, hasta llegar al primero de los presuntos espejismos, que no era tal, aunque tampoco se tratase de algo verdadero. El rascacielos no era más que una especie de mole de cartón piedra, inútil y vacía, absurda. Lo mismo el barco.

Y el oasis, con las plantas de plástico y el presunto lago hecho de papel de plata.

—¿Y ahora? —bufó Elías agotado.

—¿Qué sentido tiene poner espejismos si no sirven de nada? —se extrañó Ismael.

—Es un juego, ¿recuerdas? Se trata de incordiarnos al máximo. Ese viejo está chiflado.

—¿Recuerdas aquella frase que dice que a veces un solo árbol muy próximo a ti te impide ver el bosque que hay detrás?

—Sí.

—Vamos a registrar este oasis de cartón piedra —propuso Ismael.

Lo hicieron, cada uno por un lado, más impulsados por el hecho de mantenerse ocupados que por una esperanza de que aquello sirviera para algo. Ismael removió plantas de plástico y hasta levantó el papel de plata del presunto estanque, aunque debajo no había más que arena. Por suerte no tardó en oír la voz de Elías llamándole.

—¡Aquí, ven!

Corrió en su dirección. Había una gran duna por detrás del oasis, en apariencia como todas las demás. Sin embargo, entendió inmediatamente el motivo de la llamada de su hermano al ver que en la base de la duna había tres nuevas puertas.

La salida de aquel ardiente infierno.

—¿Qué hacemos? —dijo Elías mientras le señalaba las correspondientes inscripciones de las puertas.

En la de la izquierda leyó «Al comienzo, justo en la entrada de la Mansión y sin recordar nada».

En la del centro leyó «Parada de taxis para ir donde quieras».

Y en la de la derecha leyó «Al Paraíso, donde la vida es eterna y plácida».

—No podemos ir al comienzo —rechazó Ismael—. Si no recordamos nada lo repetiríamos todo y a lo peor esta vez no tendríamos siquiera la suerte de llegar hasta aquí. En cuanto a lo del Paraíso...

Sonaba muy bonito, pero absurdo.

Los ojos de su hermano confirmaron su idea.

—Sólo nos queda eso de la... parada de taxis —suspiró Elías.

—Seguro que será otra trampa —se resignó Ismael.

—¿Vamos?

—Vamos.

Dejó que Elías abriera la puerta mientras los dos tensaban sus músculos al máximo, dispuestos a lo que fuera.

Y cuando metieron la cabeza por el hueco...

—¡Ahí va! —exclamaron al unísono.

21

EN TAXI POR LO DESCONOCIDO

Lo esperaban todo menos aquello.

Que hubiera, ciertamente, una parada de taxis.

Con un único taxi en ella.

—Esto es demasiado —parpadeó Ismael.

Se aproximaron al vehículo, aparcado en mitad de ninguna parte, porque lo único que se veía en la penumbra reinante era su perfil metálico. Tampoco esperaban un conductor tan exótico como aquél.

Un robot.

La máquina giró la cabeza cuando sus sensores los captaron, cosa que sucedió al entrar dentro de su radio de acción, a menos de un par de metros. Los ojos, de color rojo diabólico, brillaron intensamente al ver a posibles clientes.

—¡Hola, hola, hola! —exclamó con una voz muy aguda que procedía de un micrófono circular instalado bajo los ojos mientras éstos se revestían de más y más luces muy vivas—. ¿Buscan taxi, señores?

—Me temo que sí —asintió Elías.

—¡Perfecto! ¡Genial! ¡Si buscan taxi, yo soy su taxista! ¿Ven? Estoy aquí para eso. Suban, ¡suban!

No le obedecieron inmediatamente. No se fiaban. Nada allí tenía mucho sentido pero, desde luego, todo estaba destinado a fastidiar al prójimo. Y el prójimo eran ellos. Los dos incautos prisioneros de la Mansión Sin Regreso.

—¿Adónde va a llevarnos? —quiso saber Ismael.

—¿Cómo dice? —vaciló el robot antes de agregar—: ¡Oh, qué bueno! —Pareció encallarse porque durante unos segundos por su boca circular se escucharon una serie de ruidos monocordes.

—Se está riendo —bufó Elías, boquiabierto.

—Muy bueno, ¡oh, sí, muy bueno, señores! ¿Que adónde voy a llevarles? Es evidente que a donde ustedes quieran. ¡Yo sólo soy el taxista! ¡Ah, me encanta la gente con sentido del humor!

—Entonces, ¿puede llevarnos a la... salida? —dijo Ismael en tono vacilante.

—¿La salida? ¡Eso está hecho! Vamos, adelante.

—Pero, la salida... salida, para irnos de aquí —insistió Elías.

—Sí, sí, la salida salida. —Las luces chisporrotearon en tonos azules y verdes—. No hay más que una salida, vaya. Si quieren ir a ella, yo les llevo. ¡Soy el mejor taxista de por aquí!

Ismael fue el primero en entrar. En parte, rendido, dispuesto a aguantar lo que fuera para tratar de escapar de aquella pesadilla, y en parte porque tampoco sabía qué hacer. Se sentó detrás, pero preparado para lo que fuera, por si las moscas. Elías, a su lado, hizo lo mismo. Nada más instalarse, el vehículo se puso en marcha.

Rodó menos de cinco metros. Luego se detuvo.

—¡Muy bien! —cantó el robot—. ¡Ya hemos llegado! ¡Rápido y seguro, como en un suspiro! ¡Son diez mil!

—¿Diez mil qué? —preguntó Elías.

—Pues diez mil. Ya saben. Dinero. Acepto de todo.

—No llevamos dinero —dijo Ismael.

—¿Qué?

Los ojos de la máquina eran ahora muy blancos.

—Ismael —cuchicheó Elías al oído de su hermano—. Mira.

Por increíble que pareciera por tan corto recorrido, frente a la portezuela del taxi había una puerta señalizada con la palabra «Salida».

—¿No pueden pagar mi servicio? —La voz del robot ya no era atiplada y aguda, sino bastante fuerte y grave.

—No. —Ismael ya tenía la mano en el tirador de la puerta.

—¡Tendré que llevarles de nuevo al punto de partida, faltaría más! —tronó la voz de la máquina—. O tal vez no. A la gente que no paga, por aquí, nos la comemos.

Si era un chiste, no se rieron en absoluto. El robot comenzó a sufrir una extraña y fulminante mutación. Aparecieron colmillos en el micrófono vocal, tenazas en las manos, luces cárdenas en sus ojos, y su tamaño aumentó de pronto, cambiando lo mismo que el taxi.

—¡Sal, Elías! —gritó Ismael—. ¡Ya!

Elías ya estaba a punto. Saltaron cada uno por una portezuela y cayeron al suelo rodando. Cuando se levantaron, el taxi y el robot, fusionados en uno, ya se habían convertido en un monstruo. Y ellos habrían estado dentro de no ser por su rápida acción.

—¡Me debéis diez mil! —tronó en un rugido el nuevo ser, parecido a un *Tyrannosaurus rex* de metal—. ¡Pagad o morid!

No estaban dispuestos a discutir, y no lo hicieron. Ismael era el que estaba más cerca de la

puerta señalizada con la palabra «Salida», así que se precipitó sobre ella y la abrió de golpe. La mantuvo así hasta que Elías llegó a su lado. Luego los dos entraron de un salto y la cerraron.

Justo a tiempo.

La garra del monstruo se estrelló contra la puerta por el otro lado.

—¡Salvados! —gritó Elías.

—¿Estás seguro? —dijo su hermano en un tono nada alegre.

22

LAS SIETE PRUEBAS

Elías comprendió a qué se refería Ismael.

Flotando en la negrura y en el silencio, gélido como el de una tumba, había un rótulo más. Un rótulo luminoso en el que leyeron «Bienvenido al Camino de las Siete Pruebas, amigo. Si quieres salir y abrir la última puerta, debes de pasarlas todas».

Era una especie de peaje final.

—Vamos —dijo Ismael apretando los puños.

—Esto tendrá truco, seguro —suspiró Elías desfallecido.

Al dar el primer paso, bajo el rótulo, apareció una puerta con el número 1 y la pregunta «¿Cuántos son dos y dos?» escrita en la madera.

—Cua... —empezó a decir Ismael.

—Veintidós —le interrumpió Elías.

Ismael comprendió su imprudencia.

Dos «más» dos eran cuatro. Dos «y» dos, no.

La puerta se abrió automáticamente.

No tuvieron tiempo para discutirlo. Se encontraban en una estancia gigantesca, abarrotada de objetos diversos, y, enfrente, la puerta número 2, con otro enunciado que era la clave para su apertura.

—«Necesitas el diamante para abrirme» —leyó Elías.

Miraron los cientos de objetos que les rodeaban con espanto.

—Podemos pasarnos horas, o días, buscando ese diamante —gimió Ismael.

—Pues para que quepa aquí —dijo Elías señalando un agujero en la cerradura de la puerta—, tiene que ser bastante grande.

—¿Cuál será el truco? —preguntó Ismael, vacilante.

Paseó los ojos por las montañas de objetos de

todo tipo, hasta que los detuvo en una mesita, instalada al lado de la propia puerta, con una jarra de agua pura y cristalina.

Entonces sonrió.

—El mejor sitio para ocultar algo, es hacerlo bien a la vista, pero que no se vea aun siendo muy visible —dijo con sencillez.

Y metió la mano en el jarro de agua.

Cuando la sacó, llevaba un diamante entre los dedos, invisible dentro del agua.

—¡Bien! —exclamó Elías.

El diamante encajó en el agujero de la cerradura, y de esta forma abrieron la segunda puerta.

La nueva estancia era muy pequeña, tanto que ni siquiera pudieron cerrar la puerta porque la siguiente estaba casi pegada a la anterior. En ella, bajo el número 3, podía verse la inscripción «Sólo puede pasar uno».

—¿Uno? —gritaron los dos mirándose con espanto.

23

EL GRAN LEÓN

Por un momento, se sintieron desolados.

Hasta que los dos, también al unísono, enarcaron las cejas y comenzaron a sonreír con astucia.

Se pusieron juntos, hombro con hombro, delante de la puerta número 3, sin saber qué más hacer, porque en ella no había ningún tirador, nada con que abrirla.

Y esperaron.

Hasta que justo frente a sus rostros, se abrió un ojo, inesperadamente, en mitad de la madera. Un ojo bastante triste, todo había que decirlo.

—¿Sí? —inquirió el ojo.

—Ábreme —pidió Ismael—. Quiero salir.

El ojo parpadeó.

—Eso es imposible —anunció.

—¿Por qué?

—Sois dos, y mi puerta lo dice bien claro: por aquí sólo puede pasar uno.

Ismael y Elías no se inmutaron.

—¿Cómo que somos dos? —preguntó el primero.

El ojo volvió a parpadear.

—Uno y dos —contó—. Me parece bastante claro.

—Pues te equivocas. Debes de estar mal de la vista. Soy uno y nada más.

—No es verdad —insistió el ojo.

—¿Acaso ves a dos personas distintas?

Tercer parpadeo.

—No —reconoció el ojo.

—Entonces, está claro que ves doble y debes ir al oculista.

—Ah.

Les miró de hito en hito. Primero a Ismael, después a Elías. Los gemelos, por si acaso, ni se movieron. El ojo se empequeñeció por momentos, inundado por una súbita tristeza.

—Debo de tener una docena de dioptrías —suspiró—. No me extraña. Hacía siglos que no pasaba nadie por aquí.

—No te preocupes. No será nada —lo tranquilizó Elías.

La puerta se abrió con un seco chasquido.

Y la cruzaron en un abrir y cerrar de ojos, algo de lo más cierto en este caso, porque al parpadear el guardián de la puerta no perdieron ni un segundo en llegar al otro lado.

La puerta se cerró y leyeron rápidamente el rótulo de la número 4: «Has de pulsar los dos botones a la vez».

Había dos pulsadores, uno a cada lado de las dos paredes laterales. Para una sola persona era imposible accionarlos al mismo tiempo. Pero ellos eran dos.

—¡El que ideó esto es un retorcido! —masculló Ismael.

Pero no perdieron ni un segundo. Los dos

sentían cerca la proximidad del final de la pesadilla, aunque aún faltaban tres puertas.

Y sabían que no sería fácil.

Se pusieron cada uno junto a uno de los botones, contaron hasta tres y los pulsaron. Al momento la puerta comenzó a abrirse y se abalanzaron hacia ella. Su ímpetu se esfumó nada más cruzar el umbral.

Porque delante de la puerta número 5 había un león, enorme, de gigantesca melena rojiza, ojos muy abiertos y afilados colmillos, tumbado entre un buen montón de esqueletos absolutamente pelados.

Un león que les miró fijamente primero y se pasó la lengua relamiéndose las fauces a continuación, mientras la puerta número 4 se cerraba a sus espaldas sin que ellos se dieran cuenta.

24

UNA LLAVE COLGADA DEL CIELO

El seco chasquido de la puerta número 4 al cerrarse fue lo que les alertó del peligro que corrían. Un sexto sentido les dijo que por allí, del otro lado en el que estaban, esa puerta lo más probable es que no pudiera abrirse.

Sólo para asegurarse giraron la cabeza.

—¡Maldita sea! —rezongó Ismael.

Desde luego, así era. No había retroceso posible.

Miraron al león, agotados. Se los zamparía en un santiamén. No tenían escapatoria.

—Hola, ¿cómo estáis, chicos?

Era el león. Y parecía muy animado.

—Hola —musitó débilmente Elías.

—¿Queréis pasar, no es así?

—Sí.

—Claro, claro. —El león movió la cola y luego se desperezó. Sus garras eran como dagas afiladas—. Muy bien, entonces comencemos.

—¿Comenzar qué? —quiso saber Ismael.

—El juego, está claro —dijo el felino terminantemente—. Hay unas reglas, y las reglas están para ser cumplidas. No pensaréis que voy a comeros sin daros antes la oportunidad de vencerme.

—¿Hemos de... vencerte? —dijo Elías desfallecido.

—Por supuesto.

—¿Y si no lo logramos?

—Vuestros huesos pasarán a formar parte de mi colección —respondió el león.

—¿Alguien ha conseguido vencerte? —preguntó Ismael.

El león agitó la cabeza con orgullo.

—No —fue su lacónica respuesta.

—Genial —suspiró Elías.

—¿Y qué hay que hacer para vencerte? —manifestó Ismael—. No tiene ninguna gracia que debamos luchar contigo.

—Oh, no se trata de eso —los tranquilizó—. Es una prueba de astucia, nada más. Vosotros adivináis mi nombre, y yo me aparto.

—¿De cuánto tiempo disponemos?

—Del que queráis. No hay prisa.

—Ya, y nos morimos de hambre y sed mientras tanto.

—Así es el juego.

Ismael alzó la cabeza hacia el cielo.

—¡Magnus! —gritó—. ¡Esto no es justo!

El león le miró como si se hubiese vuelto loco.

—¿Magnus? —desgranó—. ¿Quién es Magnus?

—Bueno, de todas formas es muy fácil adivinar tu nombre —dijo Elías.

Hasta Ismael le miró boquiabierto.

—¿Ah, sí? —se extrañó el león.

—Sencillísimo —insistió Elías. Y, señalando a

Ismael, dijo—: Mi hermano tiene poderes mentales. Si cierras los ojos, en diez segundos él sabrá tu nombre.

—Eso es imposible —aseguró el león.

La cara de Ismael también demostraba que así era, aunque supo que Elías tenía un plan y lo secundó rápidamente.

—¿Te atreves a cerrar los ojos? —le dijo al león.

—Por supuesto que me atrevo, faltaría más. No hay ningún poder mental que me haga mella, ni en diez segundos ni en diez días. —Y volvió a agitar su melena con orgullo.

—Muy bien —convino Elías—. ¿Estás a punto?

El león les lanzó una última mirada.

—Os voy a comer hasta los huesos —se burló, seguro de sí mismo.

Luego cerró los ojos.

Elías no perdió ni un segundo. Le hizo una seña a su hermano para que lo siguiera y caminó hacia el león. Pasó por su lado despacio, en dirección a la puerta, y por si acaso el felino les olía, dijo:

—Estamos cerca porque desde luego tu fuerza mental de bloqueo es tremenda y sólo con la proximidad mi hermano puede...

Ismael comprendió el plan de Elías al ver que la mano derecha de su hermano volaba ya hacia el picaporte de la quinta puerta.

Cuando la empujó, y el león abrió los ojos al oír el ruido, ya era demasiado tarde para él.

—¡Pero qué...! —rugió la fiera.

—¡Adiós, rey de los tontos! —se despidió Elías.

Y cerró la puerta tras ellos, mientras al otro lado los aullidos del león hacían estremecer las paredes.

Aunque ni siquiera pudieron celebrar la victoria. Se olvidaron de él al momento.

Era la penúltima puerta.

La penúltima prueba.

El rótulo de la puerta número 6 no podía ser más escueto y simple: «No tienes más que abrirme si encuentras la llave».

—¿Llave? ¿Qué llave? —se preguntó Elías mirando a su alrededor sin ver nada más que cuatro paredes vacías.

Ismael le dio un suave golpe en el brazo.

Miró hacia arriba, en dirección al mismo lugar al que estaba mirando su hermano, una vez más con cara de frustración.

Suspendida de una cuerda, a más de veinte metros de altura, estaba la llave que abría la puerta número 6, la antesala de su libertad.

25

LA ÚLTIMA PRUEBA

—¿Cómo vamos a coger esa llave? —murmuró Elías, desfallecido.

—No podemos rendirnos ahora, estando tan cerca del fin —dijo Ismael apretando las mandíbulas.

—¿Tienes algo para arrojarle, no sé..., cualquier cosa?

—Está atada, ¿no lo ves? Hay que subir y desatarla. No hay otra forma.

Elías miró la puerta con odio.

—Fíjate —suspiró—, hasta parece que se burle de nosotros. —Y leyó en voz alta el rótulo—: «No tienes más que abrirme si encuentras la llave».

Ismael frunció el ceño.

—¿Si encuentras la llave? —repitió en voz alta.

—No tiene ninguna lógica, ¿verdad? La llave está ahí. —Señaló el techo de la estancia.

—Espera, espera... —Ismael contuvo la respiración.

Lógica.

La palabra empleada por Magnus cuando habló con él.

Pensar y actuar con lógica.

—¿Y si hubiera otra llave? —dijo mirando fijamente la puerta.

—¿Aquí? —Elías paseó sus ojos por todas partes.

Entonces Ismael se acercó a la puerta, despacio, puso la mano en el pomo, lo hizo girar y...

¡La puerta se abrió!

—¡Ahí va! —exhaló Elías.

—Una llave de lo más simple, ¿verdad? —dijo Ismael, esbozando una sonrisa.

Su hermano estaba muy feliz, pero aún estaba más impaciente.

—¡Vamos, sólo nos queda una prueba! —gritó abalanzándose sobre la sexta puerta y arrastrando con él a Ismael.

26

VIDA, ETERNIDAD O... MUERTE

No había una sola puerta, sino tres, presididas por el número 7 en la parte superior.

La de la izquierda era de color rojo; la del centro, verde, y la de la derecha, azul.

Y a un lado, una inscripción final.

La más importante de todas: «Una puerta es la puerta de la Vida, y a través de ella alcanzas la libertad. Otra puerta es la de la Muerte, y a través de ella abandonas este mundo. La tercera es la de la Eternidad, y si la cruzas, te quedarás aquí para siempre. Para saber cuál es cada una de las puertas, sólo necesitas descifrar una simple clave escondida en estas dos verdades: la puerta de la Eternidad no es la de color rojo. La puerta de la Muerte queda inmediatamente a la izquierda de la puerta de la Vida».

—La puerta de la Vida es la azul —dijo Elías.

—No, la roja —le contradijo Ismael.

Se quedaron mirando, dudosos. Ahora todo dependía de su habilidad. Así que olvidaron su prisa.

—Veamos —recapituló Elías—. Si la Eternidad no está en la puerta roja, significa que en ella están la Vida o la Muerte.

—Bien. —Ismael tomó el relevo—. Y si además, la Muerte está a la izquierda de la puerta en la cual se halla la Vida, es imposible que en la puerta roja esté la Vida...

—Porque a su izquierda no hay ninguna otra puerta —dijo Elías.

—Y tampoco puede estar en la puerta azul, porque ello supondría que la Muerte está en la verde, y entonces la Eternidad estaría en la roja, cosa que se niega en el primer punto.

—Todo lo cual nos lleva a... —Los ojos de Elías se iluminaron de golpe.

—A la conclusión de que la Muerte está en la puerta roja, la Eternidad en la puerta azul, ¡y la Vida en la puerta verde!

—¡Sí!

Lo repitieron, una vez más, despacio, para estar seguros, pero llegaron a la misma lógica conclusión. Tras ello, los dos colocaron sus manos en el tirador de la puerta verde.

Contuvieron la respiración.

Y la abrieron.

27

¡LIBRES!

Vieron el bosque.

La libertad.

Y salieron de la Mansión Sin Regreso.

Todavía estaban aturdidos y conmocionados. Sus primeros pasos fuera de aquella pesadilla resultaron vacilantes, pero se volvieron para ver la casa de sus horrores sin saber muy bien si echar a correr o...

Por fuera, la Mansión estaba igual que la primera vez que la vieron.

No parecía más que lo que era en realidad: una vieja casona en ruinas.

Perdida y abandonada.

Inofensiva.

—Vámonos, Ismael —dijo Elías—. Papá y mamá deben de estar buscándonos como locos.

—Debemos de llevar horas perdidos.

Aún era de día. Por extraño que pareciese.

—No se ve a nadie. —Elías barrió los alrededores con la vista, como si esperase encontrar a cientos de personas llamándoles.

Dieron los primeros pasos de su carrera, y luego aceleraron, enfilando el camino que debía llevarles hasta el poste indicador. Sólo dos veces giraron la cabeza antes de perderse en el primer recodo del sendero. La primera vez vieron la casa envuelta en una súbita y extraña neblina. La segunda...

La casa había desaparecido, tragada por ella o, simplemente, desvanecida en el aire.

—¿Has visto eso?

—¡Corre, corre!

Ya no era momento de hacerse preguntas ni de plantearse nada. Así que corrieron, como alma que lleva el diablo. Subieron por el sendero, despreciando sus peligros, alcanzaron el poste indicador y lo dejaron atrás. Finalmente, se internaron por el bosque, húmedo y umbrío como la primera vez. A unos pocos metros quedaba el lugar donde su padre había aparcado el coche al llegar. La ansiedad hizo que los nervios los traicionaran.

—¡Papá!

—¡Mamá!

Llegaron a la linde, salieron de la masa arbolada.

Y entonces se quedaron boquiabiertos.

De hecho, casi ni alcanzaron a reaccionar cuando vieron el automóvil bajo el árbol, y a su madre preparando la comida como si tal cosa, y a su padre ayudándola tan tranquilo. Fueron sus dos progenitores los que sí reaccionaron ante su presencia.

Pero con la mayor de las naturalidades.

—Ah, ¿ya estáis aquí? —preguntó ella.

—Menos mal, no me hacía gracia que anduvierais por ahí. Este bosque parece bastante denso —dijo él.

—Sí, ha pasado por aquí un viejo muy amable y nos ha dicho que estabais jugando en una vieja casa abandonada y que era peligroso —mencionó su madre.

—No me imagino que por aquí alguien pudiera hacer una casa —convino su padre.

—Bueno, pues la comida estará en cinco minutos —suspiró ella, feliz.

Ismael y Elías se miraron. No les hacía falta pellizcarse. No estaban soñando.

¿Un viejo les había dicho que era peligroso que jugasen en la vieja casa abandonada?

Pero ¡qué cara más dura!

—¿Cuánto rato hemos estado... fuera? —acertó a decir Ismael.

Su madre miró el reloj.

—Oh, veinte minutos —dijo—. Por una vez no os habéis pasado, aunque ya íbamos a llamaros.

—Papá, mamá... —comenzó a decir Elías.

¿Se lo contaban?

¿Les creerían?

Se miraron de nuevo, entre sí, y luego hundieron los ojos en el bosque. Los apartaron rápidamente, con un estremecimiento.

—¿Qué? —Esperaban una respuesta.

Los gemelos se encogieron de hombros, al unísono.

—No, nada —acabó diciendo Ismael—. Tenemos hambre.

—Sí, es como si lleváramos horas sin probar bocado —dijo Elías esbozando una sonrisa.

—Queréis volver a meteros en el bosque para seguir jugando, ¿eh? —dijo su padre, y les guiñó un ojo.

¿El bosque?

Los dos hermanos contestaron rapidísimamente:

—¡No!

CAMBIO DE CEREBRO

1

LAS PESADILLAS

Los gritos eran espantosos, espeluznantes.

Cuando ella llegó, menos de cinco segundos después, él ya estaba sentado en la cama, sudoroso, con los ojos desorbitados y temblando. Ni la luz encendida impedía que lo mirara todo con horror, un horror especial, en las riberas del pánico más absoluto. Al sentarse a su lado, reaccionó y la abrazó con tanta fuerza que le hizo daño.

—¡Mamá! ¡Mamá!

—Cálmate, estoy aquí, tranquilo.

—¡Siguen ahí, no se van! ¡Quiero que se vayan de una vez, mamá, por favor! ¡Por favor!

Le pasó la mano por la cabeza mientras lo estrechaba contra su pecho y le acunaba. Ella misma trató de dominar el dolor. Casi parecía increíble. Había estado a su lado dos horas, sin moverse, hasta ver cómo se dormía producto del agotamiento, y todo semejaba estar en calma, tranquilo. Pero con sólo salir de la habitación...

Un minuto.

Ella también necesitaba descansar. Después de tantos días.

—Mamá, tengo mucho miedo.

—Mañana iremos a ver a otro médico.

—No servirá de nada. No me creerá, y me dará pastillas para dormir, como el otro. ¡Lo que necesito es que alguien los saque de aquí! —Se tocó la cabeza con una mano—. Han de irse, ¡han de irse! ¡Han de irse, mamá!

Volvió a sujetarlo con fuerza. Ya no podía hacer nada. Le dolía tanto como a su hijo. Se estaban convirtiendo en espectros, muertos en vida, los dos, demacrados por la falta de sueño, enloquecidos.

Sí, iban a volverse locos.

—Mañana, Jorge, mañana, te lo prometo —le susurró al oído—. El doctor Puig no es un médico como los demás. Él te curará, ya lo verás. Él te curará, cariño, y podrás dormir.

—¿Y si no...?

—¡Chist, calla!

—Mamá...

—¡Chist!

Continuó abrazándole, con ternura, despacio. Sin prisa.

Los dos sabían que aquélla sería otra larga noche.

2

LA VISITA AL MÉDICO

El doctor Puig cerró la puerta de su despacho no sin antes echar un vistazo al niño, sentado, más bien hundido, en uno de los sofás de la sala de espera, perdido y solitario. Su aspecto era terrible, pero no más que el de su madre, con los signos de la preocupación, la tortura y el insomnio reflejados en todo su ser. Cuando ocupó la butaca detrás de su mesa, frente a la mujer, no perdió ni un segundo. Conocía ya los antecedentes. Sólo necesitaba unos datos, crear la atmósfera necesaria, darle serenidad.

—Usted dirá.

—Doctor... —dijo ella entre sollozos.

—Señora Antich, por favor. En casos así la

calma es casi tan importante como el tratamiento.

—Es que son ya... tantos días, y tantas noches...

—¿Cuándo empezó el problema?

—Hace una semana. La pasada ha sido la octava noche —dijo la madre de Jorge recuperando la compostura.

—Fueron al médico —la invitó a continuar.

—Sí, después de la tercera noche en vela me asusté. Pero ni las pastillas ni nada de lo que le han recetado ha servido para algo. Los calmantes le hacen dormir, sí, pero las pesadillas siguen. En cuanto él se duerme, aparecen. No se trata de dormir: se trata de lo que le sucede, de lo que... haya en su cabeza.

—¿Realmente cree eso, señora Antich?

—¿Que hay algo en su cabeza?

—Sí.

—No lo sé.

—Su hijo dice que unos extraños seres se han instalado en su cerebro, ¿no es así?

—En efecto.

—¿Lo cree? —volvió a preguntarle.

La mujer le miró a los ojos. Los suyos estaban velados por la angustia y el cansancio. No respondió a la nueva pregunta del médico. No podía.

Dejó transcurrir unos segundos.

—¿Qué dice exactamente su hijo?

—Que en cuanto se duerme, aparecen. Bueno, dice que ya están en su mente, pero de día no se mueven, ni de noche si está despierto. Sólo cuando cierra los ojos y se duerme. A veces le hablan.

—¿De qué?

—Le dicen que se duerma, que no se resista, que es inútil. Jorge insiste en que son cientos, miles, pequeños, y que corren como hormigas. Dice que puede sentirlos, pero sobre todo...

—Siga —la animó el médico al ver que se detenía.

—Jorge dice que puede notar cómo le vacían, cómo se llevan sus recuerdos, cómo lo hurgan y registran todo, llevándose cuanto guarda en su memoria. Incluso asegura que ya están bajando por su cuerpo.

—¿Cómo?

—Cuando no puede más, porque no hay nadie que resista días y días sin dormir, cuando cae casi en la inconsciencia, o los sedantes le amodorran lo suficiente, entonces ellos se mueven libremente, y además de robarle la información, dice que bajan por sus venas y lo registran todo, el corazón, el estómago, el hígado, los riñones... Cada vez que ha sucedido esto, al despertar ni siquiera podía moverse. Estaba aterido, como... ¡como si se hubieran llevado su espíritu!

—¿Le dijo eso su hijo?

—¡Su espíritu, sí! ¡Su naturaleza humana, su misma esencia!

El doctor Puig se echó hacia atrás, reclinó la espalda en la butaca y se llevó ambas manos unidas como en un rezo hasta el rostro. Frente a él, la madre del niño lloraba de nuevo, con amargura, con todo el peso de su miedo porque probablemente pensara también lo más elemental: que Jorge se estaba volviendo loco.

Súbitamente loco.

Esperó con prudencia a que la señora Antich se recuperara. La dejó desahogarse.

—¿Cuándo murió su marido? —le preguntó cambiando de tema.

—El próximo mes hará dos años.

—¿Su hijo y su padre...?

—Estaban muy unidos, sí, aunque lo superó en los meses siguientes, como cualquier niño. Pueden más sus ganas de vivir y crecer que lo malo.

—A veces los malos recuerdos están ahí, agazapados, y en el momento más inesperado, aparecen.

—¿Qué tiene que ver lo que le pasa con la muerte de mi marido?

—Podría haber conexiones. Los mecanismos de la mente humana son muy intrincados, de la misma forma que a veces convertimos nuestras angustias y problemas en enfermedades mediante su somatización.

—Pero Jorge habla de unos seres extraños y extravagantes.

—¿Su hijo es dado a las fantasías?

—Como todos los niños.

—¿Cree en fantasmas, monstruos? ¿Ha tenido pesadillas antes?

—No, no es de ésos.

—¿Juega con videojuegos?

—No.

—¿Lee?

—Sí, mucho, pero tampoco esa clase de libros.

—¿Qué le gusta hacer?

—Lo que hacen todos los niños de su edad, jugar al fútbol, ver la televisión, nada especial.
—Ella le mostró sus dos manos abiertas y desnudas, como si quisiera probar que no había nada más. Que no podía haber nada más.

—¿Problemas escolares?

—No.

—¿Le castiga usted, o le pega?

—¡No!

—Lo siento, pero hay que estudiar todas las alternativas posibles —manifestó el médico—. Y es mejor hacerlo antes de actuar.

—¿Actuar? ¿De qué forma?

Se lo dijo, sin ambages.

—De momento hablaré con él, y después le someteré a hipnosis.

La mujer se puso tensa y se quedó mirándole de hito en hito. Sabía vagamente de qué le hablaba el doctor Puig.

—No tema —la tranquilizó él—. Es algo frecuente si se controla, y muy útil para explorar el subconsciente del paciente. Si su hijo tiene algo metido en la cabeza, o cree que lo tiene, averiguaremos qué es y la forma de que pueda liberarse de ello. Puede ser tan sencillo como que en la misma hipnosis le arranque la raíz del problema.

—Si le duerme, eso..., lo que sea, volverá.

—No le dormiré. Jorge estará consciente. No tema.

—¿Y si fracasa?

El doctor Puig sonrió por primera vez. También era una forma de dar ánimos.

—Vayamos por partes, ¿no cree, señora Antich? Está claro que la gravedad del caso estriba en esa lucha que mantiene su hijo por no dormirse, y que choca frontalmente con la necesidad humana de conciliar el sueño. Pero por encima de la urgencia y la gravedad, hemos de ser racionales, analíticos. El problema de Jorge no es un problema común, ni frecuente, pero según mi punto de vista profesional, creo que es menos difícil de solucionar de lo que podamos creer. Es como un vestido con una mancha que lo afea. Si se lava bien, la mancha desaparece sin dejar rastro. Voy a ver si puedo ser el jabón que lave la mente de su hijo, por así decirlo. Actuando desde fuera y mediante la hipnosis, probablemente lo consiga. Después de todo, es un niño, y los niños tienen una mente muy abierta a todo.

—¿Ha tenido algún caso parecido?

Esperaba la pregunta. Fue sincero con ella.

—No, señora Antich, no lo he tenido. Pero soy médico, un buen psiquiatra. Si no lo fuera, no estaría usted aquí. Así que, ahora, ¿nos enfrentamos al problema de una vez?

3

LA HIPNOSIS

—¿Cómo te llamas?

—Jorge.

—¿Me oyes bien, Jorge?

—Sí.

—¿Estás cómodo?

—Sí.

—¿Despierto?

—Sí.

—¿Tranquilo?

—Sí.

—¿Notas algo extraño en tu cabeza, por ejemplo?

Silencio.

—¿Jorge?

—¿Qué?

—Te he preguntado si notas algo extraño en tu cabeza.

—No, ahora no.

—¿Por qué dices que ahora no?

—Porque ahora estoy despierto, sé que lo estoy, y ellos no se mueven.

—¿Están ahí?

—Sí.

—¿Cómo lo sabes?

—Lo sé.

—¿Y si entro yo en tu mente, Jorge?

Silencio.

—¿Me dejarías entrar?

—Sí —convino tras un par de segundos de nueva espera.

—Y ellos, ¿me dejarían entrar, ellos?

—Supongo que sí. Usted es mucho mayor.

—Entonces quiero entrar, y quiero que tú me sientas dentro de tu mente, que te hablo desde ella, no desde fuera. Porque soy tu amigo, ¿entiendes? Quiero ayudarte y librarte de lo que te preocupa. ¿De acuerdo?

—Bien.

—Bien —repitió el médico.

Jorge continuó con los ojos abiertos, fijos en algún lugar del techo. La voz del doctor Puig se hizo más suave, más cálida, aunque su paciente respondía bien a la hipnosis.

—Estoy entrando en tu mente —dijo—. ¿Puedes sentirme en ella?

—Creo que... sí.

—Vamos, haz un esfuerzo, siénteme. ¿Lo notas?

—Sí.

—Pero debes ayudarme, ¿sabes?

—¿Cómo?

—No veo nada, no la conozco. ¿Dónde están ellos?

—No lo sé.

—¿No lo sabes?

—No, no lo sé. Sólo aparecen cuando estoy dormido.

—¿Qué sucede exactamente cuando estás dormido?

—Pues que, entonces..., ellos aparecen.

—¿De dónde?

—No lo sé.

—¿Pero de dónde venían antes?

—De su mundo, claro.

—¿Cuál es su mundo?

—Baitián.

—¿Baitián?

—Baitián —repitió Jorge.

—¿Y dónde está Baitián?

—Lejos, en el Universo.

—¿Cómo sabes su nombre y su procedencia?

—Ellos me lo dijeron, para que no opusiera resistencia.

—¿Cómo han podido llegar hasta aquí y meterse en ti?

—Tienen una nave.

—¿Qué clase de nave?

—Es una nave mental, como ellos.

—¿No son entes físicos?

—No.

—¿Y por qué están en ti, Jorge?

—No lo sé.

—¿Hay más?

—No, sólo están en mi cabeza, también me lo han dicho.

—¿Para qué quieren tus pensamientos, tus recuerdos, tu... espíritu?

—Se alimentan así. Es su forma de subsistencia.

Extraordinario. Todo un montaje, y en el que creía. El doctor Puig decidió que era hora de atacar el problema, o al menos intentarlo.

—¿Les tienes miedo?

Silencio.

—Jorge, responde.

—Sí. —Su voz fue un susurro—. Les tengo mucho miedo.

—¿Por su aspecto?

—No les he visto. Sólo les siento y les oigo.

—¿Por qué les tienes miedo?

—Porque me están matando, lo sé. Cuando se hayan llevado mi última esencia..., me moriré.

—¿Qué harán entonces los baitianos?

—No lo sé.

No esperó más para hacer la pregunta decisiva.

—¿Quieres que se vayan, Jorge?

La respuesta del niño también fue rápida.

—Sí.

—¿Lo deseas realmente?

—Sí. —Tragó saliva.

—Jorge, es importante que lo sientas, muy importante. No basta con desearlo, has de... gritarlo, pedirlo con todas tus fuerzas. Voy a preguntártelo otra vez: ¿Quieres que se vayan?

—Sí.

—Repítelo.

—Sí... Sí...

—¡Más fuerte!

—¡Sí!

—¡Más fuerte! ¡Grítalo!

—¡Sí, sí, sí!

—¡No los quieres en ti!, ¿verdad?

—¡No los quiero!

—¡Han de irse! ¡Fuera! ¡Fuera, Jorge!

—¡Fuera!

Se movía, agitado, sudaba y jadeaba, daba golpes con las manos, como si apartara algo invisible frente a sus ojos abiertos. El médico supo que tenía un canal abierto con su mente, y que podía ser el comienzo de su liberación. Jorge realmente quería expulsar sus demonios. Ésa era la mejor terapia: sus ganas de ser libre. No había en él nada que los retuviera.

—Bien, Jorge, bien, tranquilo, tranquilo. —Volvió a hablarle con mesura, recuperando la calma—. Es evidente que lo quieres así, por lo tanto, hazlo. Puedes hacerlo así que... hazlo.

—¿Qué he de hacer?

—Échalos.

—¿Ahora?

—Ahora.

—¿Cómo?

—Tú eres el dueño de tu mente. Si tú no los

quieres, no pueden estar ahí. Has de decirte a ti mismo: «¡Basta!». Con eso es suficiente ahora que yo estoy en ti y he abierto un canal. Dilo y se irán.

—¿Basta?

—Sí.

—Basta.

—Fuerte.

—¡Basta!

—Más fuerte.

—¡¡¡Basta!!!

Esperó unos segundos tras el grito de Jorge, no demasiados. Luego le cogió la mano y se la acarició. Hizo lo mismo con la frente.

—Eres libre —le dijo.

—Pero ellos...

—Se han ido, no volverán. Debes creerlo, Jorge. Esta noche dormirás en paz. Los baitianos ya no pueden hacerte nada. Ahora eres más fuerte que ellos.

Tan simple, tan fácil. Autosugestión pura. Era un niño y tenía que bastar.

Jorge empezaba a tranquilizarse, despacio. Acabó muy quieto, y también más tranquilo.

—¿Estás bien, hijo?

—Sí.

—Entonces, cuando cuente tres, vas a despertar, ¿de acuerdo?

—Sí.

—Uno.

Jorge acompasó su respiración.

—Dos.

Una sonrisa.

—Tres.

Y despertó.

4

LA ESPERANZA

La madre de Jorge aún vacilaba. Obviamente, no le creía. Tenía dudas.

—¿Y si esta noche...?

—Todo es posible —reconoció el médico—, incluso que me haya equivocado, pero no lo creo. Desde luego, si esta noche vuelve a tener esa pesadilla, repetiremos la sesión. Según mi experiencia, Jorge sufría un proceso de ansiedad, un proceso agudo y muy fuerte, y había llegado a creer en la existencia de esos seres extravagantes. No hay nada más especial que la imaginación de un niño para dar forma a lo que es absurdo. Lo único que he hecho ha sido decirle que es fuerte, más que ellos, y que juntos hemos abierto una puerta, un canal, por el que esos seres se han ido. Le he dado un punto de apoyo, y lo he hecho desde dentro. Hubiera sido imposible desde fuera.

—Doctor Puig, si es así...

—No es más que un niño, señora Antich. —El médico sonrió—. A su edad, las fantasías pueden ser muy fuertes, parecer reales, y desde luego son peligrosas, no hay que dudarlo. Pero Jorge es fuerte. Todos los niños lo son. Puede que le salga ahora el dolor verdadero por la muerte de su padre, o que haya querido llamar su atención. Cómo saberlo. Hay decenas de cosas que influyen. Obsérvelo atentamente las próximas semanas y esté muy cerca de él.

—Lo estaré.

—Por supuesto. —El médico volvió a sonreír, entendiendo que era una observación absurda.

—Gracias, doctor Puig —dijo la madre tendiéndole la mano.

El hombre se la estrechó. Luego le abrió la

puerta. Jorge estaba en la sala, sentado, leyendo un cómic de fantasía, con héroes galácticos y monstruos extravagantes.

—¿Estás bien? —le preguntó.

—Sí, sí señor —afirmó el niño.

—Suerte —le deseó el médico.

Y mientras Jorge y su madre abandonaban la consulta, volvió a cerrar la puerta con una sonrisa en los labios.

5

LA CURACIÓN

Abrió los ojos y se quedó inmóvil, esperando. Nada.

Y no soñaba. Realmente acababa de despertar. Eso significaba que...

Miró a su alrededor, aún muy quieto. La luz estaba encendida pero por la ventana el día había iniciado su vuelo hacía mucho, un par de horas o más.

Toda la noche.

Había dormido toda la noche.

De un tirón, feliz, sin pesadillas.

Giró levemente la cabeza. Su madre dormía a su lado, vestida, sobre la cama. Ella también compensaba tantos y tantos días de insomnio compartidos con él. Por eso no quiso despertarla. Se incorporó un poco.

Olvidaba que era su madre.

La mujer abrió los ojos al instante, alertada por el leve cambio, y se encontró con los suyos. Pareció agitarse, inquieta. Él impidió la reacción de miedo o dolor.

—Se han ido.

—¿Qué?

—Se han ido, mamá. Ya no están dentro de mí.

—Jorge, ¿seguro que...? —Casi no podía creerlo.

Su hijo asintió, emocionado. A ella le bastó con mirarle para saber que así era, que no sólo había conseguido dormir, sino que aquello, lo que fuera, había terminado.

—¡Oh, hijo! —Le abrazó con todas sus fuerzas, dando rienda suelta por fin a su alegría—. ¡Cariño, cariño mío!

—Ese médico se los ha llevado, mamá. Realmente los ha sacado de mi cabeza y se los ha llevado. ¡Ya no volverán!

—No, claro que no. —Reprimió las lágrimas—. No volverán nunca más.

Continuaron así, abrazados, unos segundos más, tal vez un minuto, hasta que él se separó de su madre y la miró con el ceño fruncido, no temeroso, pero sí preocupado.

—Me pregunto dónde estarán —musitó con extrañeza.

—Ahora ya no importa, ¿verdad? —Su madre le acarició la mejilla—. Estén donde estén, ya no podrán hacerte daño. Eso se acabó.

—Sí, mamá, acabó —dijo él, agotado pero feliz—. Acabó, aunque... —Volvió a abrazarse a ella antes de suspirar—: Deben de estar en alguna parte, ¿no?

6

CAMBIO DE CEREBRO

El doctor Puig entró en el cuarto de baño, tambaleándose, se miró al espejo y en el mismo instante sintió el impacto del golpe, como si un puñetazo hubiera machacado su razón enfrentándole a la noción macabra de todo el pánico que le invadía.

Lo que vio fue superior a lo imaginado. Era él, pero apenas se reconocía. Ojos vidriosos, el horror tintado en ellos, la convulsión y el miedo. Y era sólo una noche.

—Dios mío... —exhaló con espanto.

Lo intentó de nuevo, de pie, lejos de su cama. Después de todo, ya era de día. Tal vez...

Cerró los ojos.

Fue un simple segundo.

—Estamos aquí —cantó una voz en alguna parte de su mente.

No sólo fue la voz. En ese simple segundo pudo sentirlos, hurgando en su cerebro, yendo de un lado a otro, vaciándolo de emociones y sensaciones.

Volvió a abrir los ojos.

Sí, desde luego, estaban allí. Ellos.

Y supo que por mucho, mucho tiempo. Posiblemente demasiado.

Porque una sola hora con los baitianos duraba una eternidad.

¡MÁQUINAS!

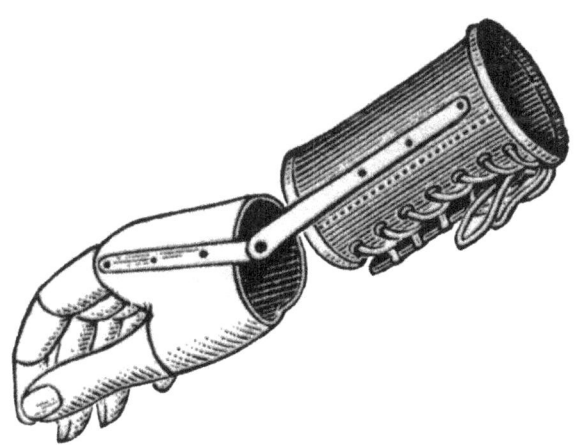

1

UN INESPERADO BRILLO METÁLICO

En el momento en que su hermana se subió a la barandilla, le advirtió:

—Susana, no hagas eso.

Su hermana pasó de él.

—Déjame en paz, ¿quieres? Siempre me estás diciendo qué he de hacer y qué no he de hacer.

—Porque papá y mamá me dicen que te vigile, por eso lo hago. Luego me la cargo yo.

—Sólo eres cuatro años mayor que yo. Eso no te da derecho a nada —insistió la niña.

Tomás trató de despreocuparse de ella, dándole la espalda. Pero no las tenía todas consigo. Su hermana era propensa a meterse en líos y, ciertamente, sus padres luego le recordaban que si era el mayor, que si debía protegerla y vigilarla, y que si para eso estaban los hermanos mayores de las hermanas pequeñas.

Un latazo.

Susana continuaba caminando por la barandilla, haciendo equilibrios, con la lengua fuera como muestra de la determinación que ponía en el empeño. Ni siquiera el hecho de que la barandilla estuviese mojada y resbaladiza por la lluvia le hacía desistir de recorrerla toda.

—¡Mira que te gusta subirte a todas partes! —le reprochó Tomás.

—¡Tú sí que no eres normal! ¡Sólo caminas por el suelo!

—Deberías haber nacido mono.

—¡Y tú tortuga!

Tenía la lengua afilada, y rápida. Si no fuera porque realmente la quería mucho y se sentía con el deber y el ánimo de protegerla, en más de una ocasión le habría arrugado su respingona naricilla de niña mala.

Su casa ya se veía desde allí.

—Baja.

—Quiero llegar hasta el final.

—Si mamá te ve desde la ventana, nos la cargaremos los dos.

Ni caso. Le quedaban apenas siete metros de recorrido.

La parte más difícil, porque era curva.

Tomás se acercó, por si las moscas.

En parte fue debido a esa proximidad por lo que Susana aceleró el paso.

La valla de los Pascual siempre estaba cubierta de seto, así que nadie podía subirse a ella. Sin embargo, el día anterior el seto había sido cortado. Una enfermedad lo estaba poniendo amarillo. Por primera vez en muchos años la parte superior, de no más de un palmo de grosor, invitaba a lo que ella se disponía a culminar.

—Ya casi estoy, ya casi estoy —murmuró la chica entre dientes, llena de determinación.

—¡Cuidado!

Demasiado tarde. El pie derecho fue el que

resbaló, saliéndose del amparo protector de la piedra. Susana, primero, se echó hacia el otro lado, para compensar el desequilibrio. Su peso casi la hizo caer por allí, detrás de la valla. Afianzó el izquierdo de un salto y se apartó haciendo una filigrana muy poco artística.

El resultado fue el mismo, aunque ahora la caída se produjo por la derecha.

Tomás trató de impedir que se diera de cabeza contra el suelo.

Fue su intervención lo que evitó el descalabro.

Susana hizo una pirueta que habría resultado bastante cómica si no fuera porque la acompañó con un grito de pánico. Tropezó con los brazos extendidos de su hermano, pero su peso los rebasó de manera incontenible. No cayó de cabeza, pero sí de lado. Además, lo hizo con la mala fortuna de que fue a parar sobre una pequeña zona no asfaltada de la calle, con piedras, cascotes y tierra removida.

El impacto de su brazo sobre ellas fue terrible.

—¡Ay! —dijo gritando de dolor.

Tomás se arrodilló junto a su hermana.

—¿Estás bien? ¿Te has roto algo?

Los dos miraron consternados la brecha abierta en el brazo derecho a consecuencia de la caída, por la que ya empezaba a manar la sangre.

Una brecha profunda, horrible, a pesar de que, por suerte, no pareciera haber nada roto que agravara la situación.

Aunque...

De pronto, Tomás abrió unos ojos como platos al ver que algo brillaba metálicamente en el fondo de la herida, como si allí, en lugar de un hueso, hubiese una pieza de hierro.

Algo de lo más absurdo.

La sangre, brotando de pronto como en una fuente, tapó inmediatamente la insólita imagen.

Tuvo que reaccionar.

—¡Vamos, a casa! —Tomás la ayudó a levantarse—. ¡Menos mal que estamos cerca!

—Me duele... —sollozó Susana.

No le recriminó nada del tipo «Te lo dije» o «Te lo tienes merecido». No hacía falta. Los dos echaron a correr en dirección a la casa.

Pero Tomás no podía borrar de su mente la imagen de aquel brillo, y lo que había visto, o había creído ver, en el fondo de la herida de Susana.

Por absurdo que pareciera.

2

EXPLICACIONES NADA CONVINCENTES

No tuvieron que llevar a Susana a ningún hospital o ambulatorio. Por fortuna, tanto su padre como su madre eran médicos y científicos, aunque dedicados a la investigación, no precisamente a cuidar enfermos o hacer guardias en centros sanitarios. En un abrir y cerrar de ojos, pasado el susto inicial, se llevaron a Susana al sótano, al laboratorio de su padre, y allí le dieron unos puntos.

Tomás la oyó gritar varias veces, y aun a riesgo de parecer cruel, en el fondo disfrutó.

Eso le enseñaría a hacerle caso.

Lo único malo es que no le dejaron bajar con

ellos, para ver cómo le lavaban la herida y cómo se la cosían después. Lo consideró de lo más injusto, teniendo en cuenta que deseaba ser médico, como sus padres. La respuesta de su madre fue rotunda:

—No, Tomás: tú te quedas aquí. Bastante trabajo vamos a tener con Susana como para encima encontrarte por el medio y haciendo preguntas.

—No voy a estar en medio, y me callaré como una tumba, palabra —prometió él.

No hubo forma. Así que se contentó con oír los gritos de Susana.

Media hora después, la calma había vuelto al hogar de los Galvany. Una pálida y aún llorosa Susana subía por las escaleras con el brazo vendado aparatosamente, y con cara de muy pocos amigos. Augusto y Teresa Galvany iban detrás.

—Y ahora, Tomás, ¿vas a decirme qué ha pasado? —le interpeló su madre.

—¿Por qué me lo preguntas a mí? La que se ha caído ha sido ella.

—Se supone que tú...

—¡Eh, eh! —la interrumpió él—. ¡Ha sido ella, a mí no me mires! ¡Si me das permiso para impedir que haga bobadas, actuaré, pero si no...!

—¡Yo no hago bobadas! —protestó Susana.

—De acuerdo, basta. —La mujer suspiró con cansancio mientras levantaba las manos con las palmas hacia afuera en señal de paz—. Ya hablaremos mañana. Pero tú, jovencita —apuntó a la niña con un dedo acusador—, deberías empezar a no subirte a todas partes como si fueras un gato, ¿entendido?

Susana se puso de morros.

Y se marchó furiosa, más por la reprimenda que por el daño.

Fue el instante que aprovechó Tomás para hacer aquella pregunta.

—¿Susana está bien?

Sus padres le miraron al unísono.

—Claro que está bien. Ya lo ves. No ha sido más que...

—Me refiero a... Bueno... —No supo cómo expresarlo—. ¿La han operado de algo antes?

—No, ¿por qué?

—¿No tiene nada metálico en el cuerpo, una prótesis, un implante, cosas así?

—¿De qué estás hablando? —Los ojos de su madre se llenaron de asombro—. ¿Cómo iba a llevar Susana una prótesis o un implante?

Su padre le miró de hito en hito.

—¿Qué pasa, Tomás? —le preguntó directamente.

—Me ha parecido ver algo de hierro en su brazo —respondió con inocencia.

—¿De hierro? —Su madre miró a su padre.

—Sí, de hierro, como si en lugar de hueso...

—¡Por Dios, Tomás! ¿Otra vez con tus fantasías? Anda, no seas ridículo y ve a jugar —suspiró Teresa Galvany.

—Yo sólo digo lo que he visto —insistió él, fastidiado.

—Pues como se lo digas a tu hermana, es capaz de cortarse el brazo para ver si es verdad. Ya sabes lo aprensiva que es —le reprochó Augusto Galvany.

—Es que...

—Vete a jugar, ¿quieres, Tomás?

—Sí, papá —se rindió él.

Sabía muy bien lo que había visto. Vaya si lo sabía.

Aunque desde luego pareciera imposible.

Salió de la sala y se fue a su habitación, subiendo la escalera rumbo a la primera planta de la casa.

Ya no vio la nueva mirada que sus padres se dirigieron entre sí.

Una mirada cargada de mudos y explícitos recelos.

3

DECISIÓN EN LA NOCHE

Entró en la habitación de Susana al subir a acostarse y ver que aún tenía la luz encendida.

—¿Cómo te encuentras?

La niña trató de aparentar indiferencia, como si no pensara en la herida, mezclada con la gravedad que merecía la aparatosidad del vendaje y el dolor que desde luego sentía.

—Psé —dijo.

Tomás se acercó a su cama y se sentó a su lado. El brazo derecho, envuelto en la blancura de la venda, mereció toda su atención.

—Ha sido un buen golpe —confesó.

—Me has puesto nerviosa —dijo ella echándole las culpas—. Ya casi lo había conseguido.

Tomás rehuyó la discusión.

—He estado a punto de cogerte en brazos, pero...

—Ahora tendré que volver a intentarlo, claro —continuó la chica.

—¿Qué te han hecho abajo? —preguntó Tomás.

—¿Qué quieres que me hayan hecho? Me han lavado la herida, me la han desinfectado y luego me han dado unos puntos.

—¿Lo has visto?

—¿Que si he visto el qué?

—Cómo lo hacían.

—¿Yo? —Susana se estremeció—. ¡Las ganas! No soporto la sangre, y si es mía, menos.

—Se te veía hasta el hueso —dijo él.

—¿Quieres callarte?

—Bueno, parecía el hueso.

—¡Tomás!

—No lo digo para molestarte —se defendió con sinceridad—. Creía que tú también lo habías visto cuando te he levantado del suelo.

—Yo no soy tan morbosa como tú, que parecías hechizado —le recriminó su hermana—. A la primera gota de sangre...

No había visto nada, evidentemente.

A lo mejor no había sido más que un destello, un brillo producido por la luz del sol o algo así.

Aunque aquel tono metálico...

—Vale, me voy a la cama —se despidió—. Hasta mañana.

—Hasta mañana —dijo Susana.

Tomás llegó a la puerta. Antes de salir oyó de nuevo la voz de su hermana.

—Eh.

—¿Qué? —giró la cabeza.

—Gracias —musitó ella.

Se alegró de oírselo decir. Le dirigió una sonrisa y cerró la puerta.

No entró en su habitación inmediatamente.

Miró la escalera, y al final de la misma, la puerta del sótano.

Lugar prohibido para él.

Siempre prohibido.

Estaba harto de tanto misterio y tanta precaución. Ya no era un crío como su hermana. Ansiaba que su padre y su madre le enseñaran y le dejaran ver sus trabajos y...

Estaba decidido a investigar. No sabía qué, o por qué, pero quería investigar al fin y al cabo.

«Lo he visto», se dijo para sí mismo con determinación.

4
INCURSIÓN NOCTURNA EN EL LABORATORIO

Sus padres se acostaban temprano, así que decidió no meterse en la cama de inmediato y esperar a que lo hicieran ellos. Sabía que si se acostaba, por mucho que tratara de mantener los ojos abiertos, se dormiría sin remedio. Y era importante que bajara al laboratorio aquella misma noche. Si debía encontrar algo, ése era el momento.

Aunque, ¿qué esperaba encontrar?

¿Tornillos, un brazo de metal viejo, un implante de titanio como el del protagonista de la última película de ciencia ficción que había visto?

Tal vez su madre tuviera razón.

Siempre estaba imaginando cosas.

De cualquier forma, hacía meses que deseaba meter la nariz en el laboratorio de sus padres, a solas, porque cuando le dejaban bajar, y eso era muy raro, siempre era en su presencia, y sin que pudiera tocar nada. Aquélla era una excusa tan buena como otra.

Escuchó cómo se cerraba la puerta del dormitorio principal, y se mantuvo despierto quince minutos, primero manipulando su ordenador para seguir dando forma al programa que estaba creando, y después leyendo un cómic de guerras galácticas. Luego se asomó al descansillo sin hacer ruido.

Ya no se veía luz por debajo de la puerta del dormitorio de sus padres.

Salió, entornó la suya y comenzó a bajar los escalones. Sus zapatillas deportivas amortiguaron cualquier sonido. Incluso sorteó el quinto escalón, que solía gruñir en ocasiones. Al llegar abajo sacó la linterna que llevaba en el bolsillo y abrió la puerta del sótano.

Ya estaba en zona prohibida. A partir de ese

instante, si le descubrían se le iba a caer el pelo. Y mucho.

Se movió con cautela, sin atreverse a encender la luz. La escalinata también era de madera, y muy amplia. Al llegar abajo enfocó las mesas llenas de aparatos de física y química, reactores, pebeteros, botes con productos variados, frascos y bidones con materias desconocidas, hornos, frigoríficos, escáneres, procesadores, ordenadores, cuanto pudiera hacer falta para un trabajo científico de la índole que fuera, porque sus padres solían hablar poco con ellos de la naturaleza de sus investigaciones.

La mesa en la que presumiblemente habían curado a Susana estaba limpia. Y en el interior de la papelera metálica cerrada con tapa lo único que había eran gasas y algodones manchados de sangre, una jeringuilla desechable y un frasquito vacío de algo que probablemente le habían inyectado a su hermana. También encontró los soportes de los puntos aplicados a la herida. O sea, cosas normales y naturales.

Si su hermana tenía un hierro dentro del brazo, o directamente un brazo de metal, allí no encontró nada que lo evidenciara.

Se dio cuenta de lo absurdo que era aquello, y se dispuso a volver arriba. Si Susana hubiera tenido algo extraño, sus padres lo habrían visto en seguida. Por lo tanto, y pese a que le costaba apartar aquella imagen de su mente, porque seguía estando convencido de que lo había visto muy bien, lo mejor que podía hacer era regresar, acostarse y... mañana sería otro día.

Iba a subir de nuevo la escalera. Puso un pie en el primer peldaño.

En ese preciso momento oyó un ruido que le aterrorizó.

Y apenas si tuvo tiempo de hacer dos cosas, muy rápidas, antes de que se abriera la puerta y se encendiera la luz del sótano.

La primera, apagar la linterna.

La segunda, lanzarse de cabeza detrás de un pequeño sofá en el que su padre y su madre descansaban a veces cuando esperaban el resultado de un proceso físico o químico.

Desde allí vio aparecer a su padre en lo alto de la escalera del sótano.

¡Ahora sí se la iba a cargar!

5

LA MISTERIOSA ESTANCIA SECRETA

Esperó oír la voz de Augusto Galvany diciendo:

—Tomás, sé que estás ahí. Sal.

Pero en lugar de eso, su padre se limitó a bajar la escalera después de cerrar la puerta, como era su costumbre, mientras susurraba algo en voz baja, como también era su costumbre cuando algo le preocupaba.

Tomás se acurrucó contra el sofá. ¡No sabía que estaba allí!

¡Tenía una oportunidad!

Claro que... ¿y si su padre se pasaba toda la noche trabajando? No sería la primera vez. Los científicos estaban todos un poco locos. En tal caso acabaría dando con él.

¡O se dormiría!

Asomó la punta de la nariz a ras de suelo cuando su padre llegó abajo. Esperaba verle sentarse en su silla o en uno de los taburetes, pero no hizo nada de eso. Muy al contrario, se dirigió a la pared frontal, de espaldas a su visitante nocturno.

La única pared en la que no había nada.

Sólo la obra vista de los cimientos de la casa, filas y más filas de ladrillos rojizos del techo al suelo.

No entendió muy bien qué hacía su padre.

Pero...

Primero puso la palma de la mano en un ladrillo de la parte derecha, el séptimo contando desde arriba y el quinto contando desde la pared.

Se escuchó un chasquido.

A continuación puso de nuevo la palma de su mano en un segundo ladrillo, el noveno empezando por arriba y el séptimo desde la pared.

Se escuchó otro chasquido.

¡Y la pared empezó a moverse!

Tomás se quedó sin aliento.

La parte central de los ladrillos retrocedió lentamente, dejando un hueco un poco más grande que el de una puerta. A unos treinta centímetros de distancia, se detuvo, y entonces comenzó a desplazarse hacia la izquierda, permitiendo el paso. Tomás no se atrevía a sacar más la cabeza, pero desde su posición vio algo parecido a un segundo laboratorio, sólo que diferente.

Mucho más moderno y tecnificado, con aparatos increíbles, ordenadores, tubos, un panel operativo lleno de luces que se encendían y apagaban...

Volvió a ocultarse cuando su padre se dio la vuelta.

La puerta se cerró, despacio.

No pudo verlo, pero supo que era así. No quería asomar la cabeza y que su padre le descubriera.

Todo quedó en silencio tras producirse el último chasquido.

Sólo entonces, su corazón, paralizado desde hacía mucho, comenzó a latir de nuevo.

¿Qué estaba pasando allí? ¿Qué era aquello? ¿Su padre...?

¿Qué?

No tenía ni idea.

Acababa de hacer el descubrimiento más extraordinario de su vida y no tenía ni idea de qué pasaba o con qué fin tenían aquello allí abajo, en su misma casa.

No supo qué hacer, si esperar a que su padre volviera a salir o escapar cuanto antes, por si las moscas.

¿Y si él tardaba mucho en regresar?

¿Y si, por el contrario, salía inmediatamente, y lo sorprendía en plena escapada?

Todas las alternativas eran funestas.

Todas.

Pero escogió la menos mala, según su criterio. Permanecer allí, escondido, era jugársela. Huir tenía mucho más sentido, pese al evidente riesgo.

Contuvo la respiración, calculó todos y cada uno de sus movimientos, y acto seguido se levantó y salió de su escondite. De un salto llegó a la escalera.

Subió los peldaños en silencio, pero a la mayor velocidad que sus temblorosas piernas le permitieron, y al llegar arriba abrió y cerró la puerta del sótano con un millar de avispas zumbándole en el cerebro. En cualquier momento esperaba oír la voz de su padre.

Aún le quedaba otro tramo de escaleras hasta llegar a su habitación.

Pero éste fue más sencillo.

Diez segundos después se metía en la cama, con los nervios a flor de piel, muerto de miedo por su audacia y, por encima de todo, alucinado por su insólito descubrimiento.

6

REGRESO A LA ESTANCIA PROHIBIDA

Fue un día extraño.

Susana, con su brazo vendado, olvidado ya el dolor, y disfrutando como si nada de su «heroicidad». Todas sus amigas la rodeaban admiradas mientras ella decía:

—Oh, pues sí, se me veía hasta el hueso, de profunda que era la herida. Mi hermano me lo dijo, porque como yo no soporto la sangre... Ni miraba, claro.

Su padre y su madre, como si tal cosa. Un día más.

Y él...

Ardía en deseos de que llegara la noche.

Ahora que conocía el secreto del sótano, y lo más esencial, la clave para abrir el hueco de la pared y entrar dentro, no veía la hora de saciar su curiosidad.

A la hora de comer, hizo un par de preguntas más, por si él o ella le revelaban algo.

—Pero ¿qué hacéis exactamente ahí abajo? Es que yo aún no me he enterado.

—Experimentos, hijo. Ya lo sabes —le contestó su madre con cansancio.

—Sí, pero ¿qué clase de experimentos? Lo que tenéis en el laboratorio no da para mucho.

—¿Desde cuándo eres un experto? —dijo su padre sonriendo.

—Es que me parece raro que...

—Tomás. —Suspiró el hombre con cansancio.

—Vale, vale.

Sabía cuándo era mejor callar.

Al regresar de la escuela por la tarde trató de parecer indiferente y no hizo el menor ruido. Para entretenerse en algo, continuó trabajando en su ordenador. Le fascinaba. Desde que dominaba el lenguaje informático y sabía operar en diversos aparatos y con multitud de programas, un nuevo y maravilloso mundo se había abierto ante él. No había *software* que no supiera manipular. Hasta su padre había reconocido que tenía una inteligencia especial para ello.

Algún día sería ingeniero de la NASA, y enviaría naves a Marte y a Júpiter y más allá del Sistema Solar.

Eso si no se dedicaba a crear programas y se hacía millonario con ellos, como Bill Gates.

Al llegar la noche tenía los nervios a flor de piel.

—Me voy a mi habitación —anunció después de cenar.

—¿No ves la tele?

—No, gracias.

Subió a su habitación y se acostó. No quería cometer el error de la noche anterior, en la que su padre había bajado inesperadamente porque no aguardó a que se durmiera. Puso el despertador para las dos de la madrugada y se metió en la cama. Creía que no podría dormir, pero finalmente lo hizo.

Casi como en un sueño, como si acabase de cerrar los ojos, le despertó el zumbido indicando que era la hora. Estuvo a punto de seguir durmiendo y bajar al sótano otro día. Se sentía muy cansado.

Pero se levantó, se calzó las zapatillas, cogió la linterna e inició la gran aventura.

La más insólita expedición, a las profundidades secretas de su propia casa.

Esta vez lo hizo con más tranquilidad, porque tras pegar el oído en la puerta de la habitación de sus padres, les oyó dormir profundamente. Descendió por la escalera, abrió la puerta del sótano, bajó la segunda escalinata, y finalmente contuvo la respiración al llegar a la pared de ladrillos.

El momento de la verdad.

Puso la palma de la mano en el séptimo ladrillo contando desde arriba y el quinto contando desde la pared.

Se escuchó el chasquido de la noche anterior.

A continuación puso de nuevo la palma de la mano en el noveno ladrillo contando por arriba y el séptimo desde la pared.

Se escuchó el segundo chasquido.

Y la pared empezó a moverse.

Hasta dejarle expedito el paso a lo desconocido.

7

¡MÁQUINAS!

Tomás entró. Ni siquiera tuvo que encender la luz. La inmensa sala se iluminó automáticamente.

Luego se quedó sin aliento.

Aquello era algo más que un laboratorio.

Era la Caja de Pandora de la ciencia, la puerta abierta al Más Allá, la ventana de un millón de misterios.

Y lo más fascinante que jamás hubiese visto.

En primer lugar, tecnológicamente, era impresionante, porque no hacía falta ser un experto para darse cuenta de que allí había aparatos de última generación en todos los niveles. Ordenadores, pantallas, sistemas operativos, computadoras, bases de datos...

En segundo lugar, y aquello fue lo más alucinante, estaban las prótesis, o como pudieran llamarse aquellos componentes de metal.

Brazos, piernas, manos, órganos.

Todo metálico.

Brillando aceradamente ante sus ojos.

Casi se le doblaron las rodillas. Su mente se negaba a razonar. Había esqueletos de metal, injertos de silicio y titanio, ojos, mandíbulas, pequeños y grandes componentes. Y por si eso fuera poco, generadores de energía como nunca había visto antes, y procesadores tan pequeños que cabían en cualquier parte.

Como, por ejemplo, el interior de uno de los esqueletos de metal.

Abrió las alacenas inferiores.

Programas, chips, cientos, miles, correctamente alineados, a la espera de ser insertados en un ordenador. Los rótulos eran también muy reveladores: «Conocimientos», «Vida familiar», «Recuerdos afectivos», «Habilidades», «Matemáticas»...

Encontró un sistema frigorífico. Casi temió

abrirlo, por si dentro se le aparecía alguien vivo, o congelado. Finalmente, tomó aire y abrió las dos puertas con ambas manos.

Ya no podía recibir más sorpresas, pero se llevó una más.

Allí había depósitos de algo parecido a carne humana aún sin forma, como si fuese una pasta que necesitase de un componente químico para consolidarse, largas tiras de piel sintética reposando entre gomas húmedas, y varios moldes con formas no menos diversas, todas humanas, pies, manos, piernas, brazos, torsos y demás.

Cerró los ojos, y también las puertas.

Temblaba, y no era de frío.

No se había equivocado al ver la herida de su hermana.

El brillo metálico era de verdad.

Allí no había un hueso, sino un hierro con forma de hueso, o lo que fuera.

Porque su hermana...

Susana...

¡Era una máquina!

8

LA GRAN PREGUNTA

Lo último que llamó su atención, aunque estaba muy aturdido y lo que más deseaba era largarse de allí cuanto antes, fue la gran pantalla central, el ordenador principal del sistema, que ocupaba enteramente una de las paredes laterales. Lo puso en marcha y pasó un par de minutos manipulándolo, observando sus funciones, lo que contenía, el alcance de sus programas. No era complicado.

Aunque sí peligroso.

¿Y si su padre tenía una clave de acceso, y al no accionarla él, por la mañana sabría que alguien había estado allí?

Ya no tenía sentido preocuparse y pensar en

ello. Estaba dentro del sistema. Cientos, miles de puertas y ventanas iban y venían ofreciéndole sus posibilidades. Accionó una llamada «Operaciones» y al instante se iluminó algo a su derecha. Del propio ordenador emergió una especie de mesa de operaciones con todo lo necesario para una intervención.

Probablemente allí habían «curado» a Susana.

Accionó otra ventana bautizada como «Sistemas», y en la pantalla del ordenador comenzaron a aparecer los diversos componentes de un cuerpo de metal, con indicaciones de cómo arreglar, sustituir o intervenir en cualquier parte del mismo.

Después presionó «Banco de datos», «Memoria», «Funciones»...

Era demasiado alucinante, y el miedo empezó a apoderarse de él. Su padre podía llegar de un momento a otro y entonces... ¿qué?

Bueno, era su padre, y le quería, así que no cabía pensar en nada que no fuera una reprimenda, un castigo o lo que fuera.

Aunque supiera que Susana no era humana.

La certeza de esa evidencia, que le atenazaba el alma como si fuera una barra de hierro, le hizo echarse a temblar y le produjo pánico. Apagó el ordenador, comprobó que todo estuviese igual que cuando llegó, y volvió a la entrada del laboratorio secreto. El pánico se acrecentó al no saber cómo cerrar el hueco de la pared. Salió de la sala y, conteniendo la respiración, presionó los mismos ladrillos. Obviamente la pared se cerraba también desde dentro, para asegurar la impunidad a quien estuviese allí, pero desde fuera...

Casi gritó de alegría al escuchar los chasquidos.

La puerta de ladrillos se cerró sin dejar el menor resquicio.

Salió del laboratorio, subió a su habitación, se metió en ella y, al amparo de su seguridad, comprendió por fin algo que se le había pasado por alto allá abajo, víctima del aturdimiento producido por la sorpresa.

Tomás se miró al espejo.

Se acercó y se tocó la cara, el cuerpo. Incluso escuchó los latidos de su corazón.

Su hermana era una máquina.

Pero... ¿y él?

9

EL MISTERIO DE LA FAMILIA GALVANY

Por la mañana ya nada era igual.

Todo era muy, muy distinto.

Sus padres, comportándose con la misma sencillez y naturalidad de siempre. Susana, tan loca y rebelde como de costumbre. El mundo entero funcionando como si no pasara nada.

Pero pasaba de todo.

¿Es que nadie se daba cuenta?

—¿Qué haces? —le preguntó su hermana poniendo una cara muy extrañada cuando él le pasó la mano por el brazo sano.

—Nada, una caricia —dijo, encogiéndose de hombros.

—¿Una caricia? —se burló ella—. ¿Y desde cuándo eres cariñoso?

—Eres mi hermana, ¿no?

—Ah. —La chica enarcó las cejas y de pronto gritó—: ¡Mamá, Tomás se ha vuelto loco!

La dejó por inútil.

Máquina o no, seguía siendo la clásica hermana pequeña, insoportable, quejica, liante y metomentodo.

¿Y si sus padres no hubieran podido tener más hijos después de él y entonces...? No era una estupidez. Siempre supo que su parto fue muy difícil, o al menos eso le dijeron. Tal vez su madre quedó estéril y entonces aprovecharon sus conocimientos para fabricar un ser vivo.

Claro que aquel laboratorio secreto era demasiado grande y demasiado sofisticado para atender a una sola persona, y más si era pequeña como su hermana.

Cuanto más pensaba en ello, más extraño, distinto, diferente se veía, hasta el punto de que le parecía estar volviéndose loco.

Pero su corazón latía.

¿O era un generador energético?

Y su sangre...

Se pinchó un dedo. Se chupó la gota de sangre. Todo era tan normal y correcto que nada encajaba salvo esa misma normalidad.

En el colegio, a lo largo del día, observó atentamente a sus compañeros y compañeras. La misma sensación. Nada. La única certeza era aquel laboratorio y Susana.

Lo malo era que no podía hablar con nadie.

Hasta Ernesto, su mejor amigo, se reiría de él si se lo contaba.

De noche, lo intentó por última vez.

—Mamá, ¿de veras que no se salvó ni una fotografía nuestra cuando el incendio?

—No, Tomás. ¿No lo recuerdas? Las llamas devoraron toda la parte superior de la casa. Bastante hicimos con salvar el resto.

—Pero si buscáramos a los fotógrafos que las hicieron, a lo mejor tendrían todavía los negativos.

—Siempre hicimos las fotografías nosotros. Tu padre es muy bueno en eso. Y los negativos estaban con las fotos.

—De todas formas...

—Tomás, ¿qué te pasa? ¿A qué viene esto ahora?

—A nada, mamá. Es que eso de no saber cómo era uno hace años es espantoso. —Hizo un gesto de desánimo—. Es como no tener identidad, ¿sabes?

—¿Qué tonterías estás diciendo?

Su madre miró a su padre. El hombre apartó los ojos del periódico.

—Tomás, llevas un par de días la mar de raro.

—¿Yo? Para nada.

—Si tienes algún problema, sabes que sólo has de contárnoslo, ¿verdad?

—Sí, papá.

—Bien.

Continuó leyendo el periódico, y su madre se enfrascó en la búsqueda de un canal de la televisión. Tomás apretó los labios en una mueca de frustración y por espacio de un par de segundos permaneció así, ensimismado y ausente.

Probablemente se habría alarmado más al ver la rápida mirada de inteligencia que intercambiaron Augusto y Teresa Galvany.

Pero fue muy rápida.

Muchísimo.

10

PLAN DIABÓLICO

Estuvo a punto de bajar al laboratorio también esa noche. No lo hizo, por precaución, y también porque en el fondo el lugar le atraía tanto como pánico le producía. ¿Qué clase de secretos escondían sus paredes?

En lugar de arriesgarse, se acostó temprano y descansó toda la noche, soñando, eso sí, que su hermana se convertía en una suerte de Robocop cruzado con Terminator. Lo malo del asunto era que entonces ella ya no estaba en inferioridad con respecto a él, y le tenía dominado hasta el mayor grado de la crueldad.

Despertó cuando Susana le obligaba, por enésima vez, a hacerle los deberes de la escuela, bajo la amenaza de ponerle unos electrodos por la nariz y darle una buena descarga.

Aquello no podía seguir así.

Tenía que averiguar la verdad.

Primero pensó en autolesionarse, pero descartó la idea. No le gustaba el dolor, y si era humano, y de eso estaba convencido, lo único que conseguiría sería que le tomasen por loco. Lo único que sabía a ciencia cierta era que Susana era una máquina. Por lo tanto, si alguien tenía que pasar por la prueba era, de nuevo, ella.

Un riesgo, por supuesto.

Un diabólico plan que podía acarrearle no pocos problemas en el caso de que no lo hiciera bien y Susana le acusara de haber intentado matarla, o sus padres sospecharan.

Hizo unos últimos y desesperados intentos de saber la verdad.

En la escuela, fue a ver a la directora.

—Señora Palomeque, ¿cuándo nos harán este año la revisión médica y los tests y todas las cosas que nos hacen cada año?

—Pues... —La mujer parpadeó desconcertada—. En primavera, como siempre.

Como siempre. Sí, claro. ¿Acaso no habrían notado algo raro el año anterior en el supuesto de que lo de Susana hubiera sido detectable?

De camino a casa pasó por la consulta de un médico. Cada día veía su rótulo en la puerta del viejo edificio en el que estaba instalado. Entró y una enfermera bastante mayor, con gafas y cara de pocos amigos, le preguntó qué quería.

—¿Cuánto cuesta una radiografía, señora?

—¿Cómo... dices?

Le repitió la pregunta. El desconcierto de la mujer iba en aumento.

—¿Has venido con tus padres? —quiso saber.

—No —respondió Tomás.

—En tal caso es necesario que...

—Tengo este dinero —la interrumpió Tomás mostrándole su capital.

—Me parece que será mejor que avise al doctor. —La enfermera se puso en pie.

Tomás optó por desaparecer cuando la oyó decir al médico:

—Doctor González, aquí fuera hay un niño muy raro que quiere hacerse una radiografía. Parece loco. ¿Qué hago? ¿Llamo a la policía?

Llegó a su casa frustrado, pero con el plan bastante detallado en su mente.

—Susana, ¿quieres que juguemos a algo?

—No —fue la seca respuesta de su hermana.

—Siempre me estás pidiendo que juguemos —le recordó él.

—Ya, pero ahora no me apetece.

—De acuerdo. Iba a dejarte mis patines.

Funcionó.

—¿Los de una sola fila de ruedas?

—Sí.

Susana miró en dirección a la cocina, donde su madre acababa de preparar la cena. Su padre estaba abajo, en el sótano.

—Vamos —dijo, y echó a correr escaleras arriba.

Fue fácil hacer que se confiara. Fue fácil ponerle los patines. Fue fácil llevarla fuera de la habitación, al pasillo, con la barandilla a un lado y las puertas enfrente. Fue fácil ayudarla a mantenerse en pie y darle más y más seguridad. Fue fácil ir aproximándola a la escalera.

—Lo haces muy bien, te aguantas tú sola. ¡Vaya!

Y, por último, fue fácil fingir el accidente, darle un ligero empujón, hacerle perder el equilibrio.

Muy fácil.

—¡Cuidado, Susana!

El grito de Susana, preludiando el sordo ruido de su cuerpo al rodar por los escalones, rompió la paz de la casa y desató la tormenta.

11

REPERCUSIONES DRAMÁTICAS

Por si acaso, antes de que su madre apareciera o su padre saliera del sótano, ambos asustados por el estruendo, él también se puso a gritar.

—¡Cuidado, Susana, cuidado! —Y a continuación—: ¡Mamá! ¡Papá! ¡Venid, Susana se ha caído! ¡Mamá! ¡Papá...! ¡Oh, Susana, Susana!

La primera en llegar fue su madre. El cuerpo de la niña, convertido en una especie de muñeco roto, inmóvil e inconsciente, se hallaba al pie de la escalera en una postura imposible. Antes de que la mujer pudiera cogerla, apareció su padre.

—¡Susana, hija! —chilló ella.

—Pero ¿qué...? —dijo su padre, asustado.

Tomás sintió un nudo en la garganta.

De pronto...

¿Se había vuelto loco?

¡Había matado a su hermana!

Máquina o no, era eso, su hermana, y la quería.

¿Y si había otra explicación?

—Mamá... —gimió muy impresionado.

Los dos miraron hacia las escaleras. Fue un simple segundo, o una fracción, aunque para Tomás duró mucho más. Luego su padre se inclinó sobre Susana y le auscultó el pecho antes de moverla. Ella tomó sus manos.

No perdieron la calma.

—Rápido, prepáralo todo —ordenó el hombre.

—¿Está bien? —dijo la mujer, resistiéndose a moverse.

—Creo que sí, pero será mejor asegurarnos —dijo Augusto Galvany.

—De acuerdo.

Su esposa se levantó, abrió la puerta del sótano y bajó las escaleras a toda velocidad. El padre de los dos hermanos todavía no la tomó en sus brazos. Primero le miró las pupilas. Después le puso la mano en la nuca y la presionó. Susana emitió un gemido.

—¡Bájala! —Oyeron la voz de Teresa Galvany.

Su padre, esta vez sí, la tomó en brazos y se dispuso a bajar al sótano. En ese momento, Tomás reaccionó e inició el descenso. El hombre se detuvo al verlo.

—¿Adónde vas? —le preguntó.

—Con vosotros —dijo él.

—Será mejor que no. Esto puede ser delicado —le atajó el cabeza de familia.

—Pero papá...

—He dicho que no, Tomás, ¿de acuerdo? —le cortó él secamente.

No recordaba haber visto jamás a su padre así.

Se quedó cortado, y muy impresionado por aquel tono de voz.

—Sí, papá —musitó, y se quedó inmóvil a mitad de la escalera.

El hombre dio media vuelta, entró en el sótano y cerró la puerta.

Tomás se quedó solo.

Sabía que estarían en el laboratorio secreto, detrás de la pared. Lo sabía muy bien.

El tiempo se convirtió en una pesada losa que le aplastó los pulmones hasta dejarle sin aire y la mente hasta hacerle estallar la cabeza. Cada minuto fue una eternidad. Sin embargo siguió allí, quieto, apretándose las manos, pidiendo que no le pasara nada a Susana.

Suplicando.

Y seguía allí, en el mismo sitio, cuando más de una hora después, la puerta del sótano volvió a abrirse.

Su padre apareció tras ella, descompuesto y sudoroso.

Le miró.

Tomás estaba pálido.

El hombre se limitó a pronunciar una sola palabra, aunque fue suficiente.

Una palabra emitida en un tono rotundo, directo y revelador.

—Ven.

12

CARA A CARA CON LA VERDAD

Llegó hasta él, pasó por su lado sin mirarle y bajó las escaleras del sótano con una mezcla de miedo y aprensión que le agarrotaba el estómago.

La pared de ladrillos estaba tal cual, como si al otro lado no hubiera nada salvo tierra. Fue lo primero que miró. Después vio a Susana, que ocupaba una camilla, al otro lado del laboratorio, y a su madre, que estaba junto a ella cogiéndole de la mano.

Susana tenía la cabeza vendada, y no se movía.

—Susana... —musitó Tomás.

Acabó de bajar la escalera de madera y se

acercó a la niña. Las rodillas se le doblaban a causa de la zozobra. Pensó que estaba muerta, y que no sólo sería la mayor tragedia de sus vidas, sino que él acabaría en la cárcel, aunque dijera que había sido un accidente.

¿Qué motivos tenía para matar a su hermana?

Su padre estaba tras él. Sentía sus ojos fijos en su espalda, abrasándole la piel. Su madre también le miró con inusitada frialdad y dureza.

Tomás se detuvo a los pies de Susana.

—¿Está...? —Sus labios se negaron a pronunciar la palabra.

—Sólo ha sido un golpe —dijo Teresa Galvany.

Lo escuchó, pero no logró interpretarlo.

—¿Qué?

—Está viva —le confirmó ella.

—¿Y por qué no tiene los ojos abiertos?

—Ahora descansa.

¿Una hora y pico para vendarle la cabeza?

Los pensamientos de Tomás eran un vértigo.

Él había visto el cuerpo de Susana descompuesto, como si se le hubiesen roto las piernas y los brazos, por lo menos.

La voz de su padre le taladró por detrás.

—¿Por qué lo has hecho, Tomás?

Los latidos de su corazón parecieron truenos.

Miró a su madre, pero no encontró ningún apoyo en ella.

—Te he hecho una pregunta —volvió a hablar el hombre.

Tomás giró la cabeza.

—Yo no he hecho nada —aseveró.

—Tú la has empujado, Tomás —manifestó Augusto Galvany despacio.

Muy despacio.

—¿Yo? —Trató de defenderse—. ¿Qué estás diciendo, papá? ¿Por qué iba yo a empujarla?

No fue muy convincente. La voz le temblaba. Y los ojos le traicionaban aún más que la voz.

—La has empujado —insistió su padre.

—Lo sabemos —aclaró su madre.

—¿Cómo lo sabéis? —Desesperado, Tomás frunció el ceño.

—Porque lo sabemos —certificó de nuevo el hombre.

—¡No es verdad! ¡Estábamos solos! ¡Nadie pudo verlo!

—Dinos la verdad, Tomás. Será mejor para todos.

—No hagas que te encerremos, hijo.

¿Encerrarle? ¿Dónde? ¿Y por qué no le reñían? Aquello más bien parecía un juicio. Pese a la gravedad del tema, y el estado de Susana, ellos estaban tranquilos.

—¡Yo no he sido! —gritó.

Augusto Galvany se puso al lado de su mujer. Su mano derecha presionó el hombro de su hijo.

—No te castigaré, palabra de honor. Pero necesitamos saber la verdad —dijo calmadamente.

Tomás bajó la cabeza.

No podía más. Y encima, le pesaba la conciencia. Ver a su hermana allí, inmóvil e inconsciente, le resultaba muy doloroso.

Se rindió.

—Quería saber si era una máquina —susurró.

Continuó con la cabeza gacha. Esperó los gritos o el castigo. Y sin embargo no sucedió nada. Hasta que el silencio se hizo ominoso. Se atrevió a mirarles.

—Vete a tu habitación, Tomás —le dijo entonces su padre.

No insistió, ni dijo nada más, para defenderse o excusarse. Ya no valía la pena. Dio media vuelta, subió los escalones y salió del sótano cerrando la puerta tras de sí.

Jamás se había sentido tan solo.

13

EL TESTIGO

Lo era.

¡Lo era!

Su hermana era una máquina.

La había empujado por la escalera y al llegar abajo estaba rota. Ahora, sin embargo, yacía en el sótano, con un único vendaje en la cabeza, y según sus padres estaba bien. No podía ser. Era imposible. Así que tenía razón.

Era una máquina.

Un robot.

Cuerpo de metal recubierto de carne y piel extraordinariamente parecidas a...

Tomás se pellizcó, se tocó. Recordó la gota de sangre que brotó de su dedo al pincharse.

Se acercó al espejo.

Se miró larga y detenidamente.

Tenía recuerdos, de casi toda su vida más o menos. Pero en casa no había fotos. El incendio. Tampoco tenía abuelos. Los cuatro muertos. Ni familia. Ni tíos ni tías.

Los latidos de su corazón.

¿Eran reales?

Si su hermana era una máquina, él también debía serlo.

Y en quien más debía confiar, en sus propios padres, era en quien menos podía hacerlo, porque ellos...

¡Ellos!

Miró la puerta de su habitación.

Luego la ventana. Escapar resultaba inútil. ¿Adónde iría?

No se oía nada. La casa estaba en silencio. Sus padres debían de seguir en el sótano, con Susana. Era para volverse loco, porque ni siquiera estaba seguro de nada.

Pero si tenía razón, estaba en peligro.

En una clase de peligro muy extraño, porque a fin de cuentas ellos no le harían daño. Querrían protegerle.

De sí mismo.

Tomás empezó a temblar.

Miró sus libros de ciencia ficción, sus favoritos, y se dijo que aquello nada tenía que ver con las historias que se contaban en ellos. Aquello era la realidad. ¿Qué haría Jonathan Airey, el protagonista de su serie de ciencia ficción favorita?

Se sentó delante del ordenador y tuvo una idea.

Claro, Jonathan Airey dejaría pistas... para encontrarlas él mismo si...

¡Un testigo!

Pero no en el ordenador. Sería el primer lugar en el que mirarían.

Sacó un papel y un bolígrafo del cajón de su mesa de trabajo. Se inclinó sobre ella y empezó a escribir a toda velocidad.

Estuvo haciéndolo cinco minutos, oyendo de

vez en cuando los ruidos que le llegaban del exterior, prestando atención por si sus padres subían por la escalera, conteniendo la respiración mientras su corazón le batía la sangre y el cuerpo como un martillo pilón. Y al terminar de llenar la hoja de papel con apretadas líneas de texto escritas por su mano, le puso la fecha y la hora y lo firmó.

Después lo dobló en cuatro pedazos y llegó la pregunta final.

¿Ahora qué?

Miró a su alrededor.

Hasta que encontró el libro que estaba leyendo en ese momento. Una buenísima novela de ciencia ficción llamada *Invasores del Espacio Exterior*.

Lo cogió, introdujo la hoja de papel en su interior y lo dejó en su sitio, junto a los otros.

A continuación, agotado, se acercó a la puerta de su habitación, la abrió y, tras comprobar que todo estaba en silencio, se metió en la cama.

Ni todo su miedo impidió que, una vez más, se quedara dormido a los pocos instantes.

14

UN SUEÑO DEMASIADO REAL

Viajaba por el espacio.

No, no era el espacio, era...

¿Dónde estaba?

Trató de abrir los ojos y no pudo hacerlo.

Tal vez soñase.

Sí, estaba soñando. A veces le ocurría. Soñaba y era tan real que él mismo se daba cuenta de que no podía ser así, con lo cual deducía que en realidad estaba soñando.

Flotaba en mitad de una nada casi transparente.

Y Susana estaba allí.

—Tomás, Tomás, ¿por qué lo has hecho?

—Quería saber si eras una máquina.

—Pues claro que lo soy, ¿y qué? ¿Acaso hay alguna diferencia?

—¿Y yo? ¿Soy yo una máquina?

—¿Tanta importancia tiene eso para ti?

—Sí. Quiero saber quién soy.

—Hombre o máquina, eres tú, Tomás.

—Dímelo, Susana, dímelo. Necesito saberlo.

—Pero yo no lo sé, Tomás. Tendrás que preguntárselo a papá.

Su padre estaba allí.

Como recién salido del vacío.

—¿Papá?

—Ven, Tomás. —Le tendió una mano.

—¿Adónde vamos, papá?

—Confía en mí, hijo.

—Es que...

—Confía en mí. Te quiero. Nunca te haría daño. Tenemos sentimientos, ¿sabes?

—¿Por qué dices eso, papá?

—Ven, Tomás. Ven.

Su padre le cogía en brazos. No de la mano. Directamente en brazos.

Entonces abrió los ojos.

—¡Chist! —le susurró Augusto Galvany.

Estaba todavía en su habitación, y ya no era un sueño. Era la realidad. Su padre le llevaba en brazos, salían por la puerta, comenzaban a bajar la escalera.

—Papá —gimió adormilado.

—Tranquilo, Tomás. Todo pasará en unos segundos. Y mañana como si nada.

¿Mañana?

Bajaban peldaño a peldaño mientras luchaba contra el sueño para permanecer despierto, y contra sus ganas de despertar para seguir dormido. La lucha le produjo desazón.

—No, no —se agitó.

—¡Chist!

Descendían la segunda escalera, así que ya se hallaban en el sótano.

—¿Preparada? —Oyó decir a su padre.

—Sí —contestó su madre.

Movió la cabeza. Susana no estaba allí. El agujero en la pared de ladrillos, sí.

Su padre lo llevaba al otro lado, al laboratorio secreto.

—¡No! —Abrió los ojos por completo, definitivamente.

—¡Cógelo, Teresa!

Le impidieron moverse. Su madre le sujetó las manos mientras su padre le dejaba sobre una plataforma metálica.

La misma plataforma metálica adosada al ordenador central que él había visto en su incursión nocturna.

—¡Ahora!

Unas argollas le atenazaron las muñecas, los tobillos, el cuello.

Sus ojos se desorbitaron.

—¡Papá! ¡Mamá! —gritó muy asustado—. ¿Qué estáis haciendo?

—Tranquilo, hijo. Todo pasará en seguida. Tranquilo.

—Vamos, Tomás, confía en nosotros.

Sintió un pinchazo.

—¡¡¡Nooo!!!

Y al instante, una opaca neblina le inundó la mente.

—¿Por... qué? —gimió.

Su padre. Su madre.

Ya era tarde. Demasiado tarde.

De... ma... sia... do... tar... de.

15

UNA MAÑANA COMO OTRA CUALQUIERA

Abrió los ojos de golpe. Y al instante, después de detener el zumbido del despertador, se desperezó, estirándose todo lo que pudo.

—¡Mmmmm! —gruñó con la habitual modorra matutina.

Luego, de un salto, apartó las sábanas y abandonó la cama.

Salió al pasillo y se metió en el cuarto de baño. Ventajas de ponerse en pie antes de que lo hiciera Susana. Ella solía dejarlo todo perdido.

Cerró la puerta, se lavó los dientes, y después se metió bajo la ducha. Con el agua corriendo por su cuerpo oyó el toc-toc de la puerta.

—¿Sí?

—Tomás, ¿te falta mucho?

—No sé. Se está muy bien aquí.

—¡Tomás!

No la hizo rabiar demasiado. Se secó y salió del baño a los tres minutos. Susana esperaba en el pasillo, con cara de aburrida, metida en su horripilante bata de color rosa.

—Hola —la saludó él jovialmente.

Su hermana no le hizo caso. Con aires de persona mayor pasó por su lado y se metió en el cuarto de baño. Tomás sonrió para sí mismo. Desde luego, cuando fuera adolescente sería insoportable.

Regresó a su habitación y se vistió con lo primero que encontró a mano, unos vaqueros y una camiseta en la que, por delante, se veía una mano con los dedos índice y corazón levantados haciendo la señal de la victoria. Se calzó sus habituales zapatillas deportivas y una vez completado su atuendo bajó a la planta baja.

Sus padres ya estaban en la cocina, desayunando.

—Buenos días, papá. Buenos días, mamá —les saludó al entrar.

Los dos le miraron fijamente.

—¿Eh, qué pasa? —les preguntó él ante su silencio.

—Nada, hijo. —Su madre reemprendió lo que estaba haciendo—. Buenos días.

—Nos encanta ver que te levantas de buen humor, eso es todo —dijo su padre.

—Yo siempre estoy de buen humor —puntualizó Tomás.

—Oh, no siempre —manifestó ella.

—Vale, es que hay días... —Buscó un argumento—. Hoy por ejemplo no tengo ningún examen.

—Es una buena razón, sí —asintió el hombre.

Tomás sonrió feliz.

La verdad es que sí, que se sentía extrañamente contento, como si en lugar de ser día de cole fuese sábado, o el primer día de vacaciones de verano.

Su madre le sirvió un tazón lleno de cereales.

—¡Tengo hambre! —cantó uniendo su entusiasmo con el crujido de su estómago.

Ninguno de ellos habló en los siguientes dos o tres minutos, hasta que Susana, aún en bata, entró en la cocina.

—¿Todavía no te has vestido, hija? —se sorprendió su madre.

—Prefiero bajar así, antes de que este troglodita se lo coma todo y me deje sin nada.

—Te hago un favor —le dijo Tomás—. Te estás poniendo demasiado llenita.

—¡Mamá! —protestó la niña.

—Tomás —le advirtió su madre.

—Hogar, dulce hogar —suspiró su padre.

Se echaron a reír, todos menos Susana, que puso cara de supremo fastidio.

Ya no hubo más bromas. Se terminó el desayuno en un abrir y cerrar de ojos, como era su costumbre, y tras escuchar el habitual comentario de su madre acerca de que no comía, sino que engullía, subió de nuevo a su habitación para recoger la mochila escolar. Iba a salir otra vez cuando recordó algo.

A lo mejor disponía de un rato para leer, en la segunda hora. La señorita Santamaría les hacía leer en voz alta algo del libro que estuviesen leyendo ellos por su cuenta.

Cogió la novela de ciencia ficción que tenía a medias.

La metió en la cartera y salió de su habitación.

16

UNA HOJA DE PAPEL ESCRITA A MANO

La señorita Santamaría le echó un vistazo a su relojito de pulsera. Faltaban diez minutos para que acabara la clase.

—Muy bien —dijo en voz alta—. Vamos a leer un poco. ¿Algún voluntario?

Se levantaron tres manos. Una era la de Tomás.

La señorita Santamaría paseó una mirada complacida por ellos.

—¿Qué libro estás leyendo, María José?

—*Las aventuras de Huckleberry Finn*, señorita.

—¿Tú, Lucía?

—*El joven Lennon*, señorita.

—¿Y tú, Tomás?

—*Invasores del Espacio Exterior*.

La señorita Santamaría no tuvo dudas.

—Lee el capítulo que más te haya gustado hasta ahora, María José —pidió.

Tomás se resignó. De todas formas lo sabía. Lo que le gustaba a él no encajaba demasiado con lo que le gustaba a la profesora. Así que mientras su compañera se disponía a leer en voz alta lo que le sucedía al pequeño niño vagabundo durante los diez minutos que quedaban de clase, él se dispuso a pasar de ello sumergiéndose una vez más en la tremebunda historia de la invasión de los ferodios, una raza alienígena empeñada en conquistar el universo.

Abrió el libro.

Pero no por el lugar donde tenía su marca de lectura.

En otra parte la presencia de una hoja de papel doblada hizo que el libro se abriera automáticamente por allí.

Una hoja de papel que no recordaba haber puesto en ese lugar.

La desdobló.

Y se dio cuenta de que era su letra, aunque...

No recordaba haberla escrito.

Encima...

Qué extraño. La fecha era del día anterior.

¿Y desde cuándo escribía algo y le ponía fecha?

Intrigado por el fenómeno, comenzó a leer:

«Si alguien lee esto, que sepa que no es una broma, y que por raro que parezca, primero vea si es cierto o no y lo compruebe de alguna manera. Si soy yo mismo quien lo lee, supongo que ya me daré cuenta de que ésta es mi letra, y que por lo tanto lo que estoy diciendo es verdad, aunque es probable que no recuerde nada. Ojalá mis sospechas sean infundadas. Sin embargo, ¡cuidado!, no sé qué está pasando. Ni siquiera sé por qué escribo ahora esto, pero tengo mucho miedo.

»Todo comenzó cuando supe que mi hermana Susana era una máquina...»

Tomás abrió unos ojos como platos.

Su corazón empezó a latir con fuerza.

Aunque no sabía por qué.

—¡Tomás Galvany! —tronó la voz de la señorita Santamaría.

Guardó apresuradamente la hoja de papel. Tenía que leerla despacio, a la salida de clase.

—¿Sí, señorita? —respondió sin saber exactamente qué sucedía.

17

TORMENTA DE DUDAS

Era su letra, desde luego.

Y parecía muy sincero, desde luego.

Pero no tenía ningún sentido.

Se trataba de la historia más asombrosa, extravagante y alucinante que jamás hubiese imaginado.

¿Cuándo había escrito aquella nota?

Tenía que haberlo hecho el día de la fecha, la noche anterior, porque había en ella indicios y claves que así lo demostraban, sin embargo... ¡no lo recordaba! Y eso se le antojaba imposible.

Su hermana, una máquina; él, una máquina, sus padres dos científicos monstruosos. Y lo del laboratorio secreto...

Susana tardaba en salir, así que aprovechó para releer una vez más la hoja de papel. Debía de ser la décima, por lo menos.

Y como en las anteriores, la presión en su pecho, en su mente, fue la misma. ¿Por qué sentía aquella desazón tan extraordinaria? No tenía más que tirar el papel a la papelera y olvidarse de fantasías.

¿Fantasías?

¿Por qué no recordaba haber escrito aquello?

¿Por qué hablaba de cosas que sí habían sucedido el día anterior y que en cambio recordaba?

¿Lo había puesto precisamente por eso?

Se estaba volviendo loco. Eso debía de ser.

Su profesora se lo decía:

—Si sigues leyendo esas tonterías de ciencia ficción, se te volverá el cerebro del revés, Tomás Galvany.

¿Por qué no podía tirar el papel y ya está?

¿Por qué sentía aquella inquietud, como si en alguna parte de sí mismo hubiese algo...? A las personas que les amputaban un brazo o una pierna, les seguía doliendo la extremidad perdida pese a no estar ya allí.

Él se sentía igual. Como si le hubiesen amputado un sentimiento.

O un recuerdo.

Susana salía en ese momento por la puerta de la escuela. Se puso en pie.

—No tienes por qué esperarme siempre —le dijo la niña con fastidio—. Puedo ir perfectamente sola hasta casa alguna vez.

—Así hablamos, ¿no?

Susana le miró con recelo.

—¿De qué?

Tomás se encogió de hombros.

Echaron a andar, y desde luego no hablaron apenas nada. Tomás seguía sumido en sus pensamientos, y ni siquiera sabía cómo preguntarle a su hermana aquello. Probablemente le tomara por loco. No lo hizo hasta que ella se subió a la valla de los Pascual, ya a unos metros de su casa.

—¿Qué haces?

—Quiero caminar hasta el final ahora que han quitado el seto.

—Si te caes te romperás un...

Recordó la nota.

—Susana.

—¿Qué? —le espetó la niña con fastidio.

—¿Recuerdas haberte caído de esta barandilla?

—¿Cómo puedo caerme si es la primera vez que subo?

Calló, casi sin aliento. La nota escrita de su puño y letra decía...

La vio mantener el equilibrio hasta el final, aunque en la última parte estuvo a punto de caerse. El muchacho se asustó. Abajo había unas piedras.

Unas piedras que...

Tomás se quedó paralizado.

Se olvidó de Susana, se arrodilló frente a las piedras y miró los restos de sangre seca adheridos a una de ellas. No recordaba nada. Era imposible. Pero la nota decía que su hermana se había caído allí, y que fue allí donde él supo que Susana era una máquina.

Su hermana saltó al suelo.

—¡Bien! —gritó—. ¡Lo conseguí!

—¿Puedo ver tu brazo derecho? —preguntó Tomás llegando a su lado tras levantarse de golpe.

—¿Para qué?

—¡Por favor!

Se lo cogió igualmente, y le subió la manga antes de que ella pudiera evitarlo.

Ninguna herida.

Ninguna marca.

—¡Tomás!, ¿qué te pasa?

Susana se soltó y echó a correr hacia su casa. Su hermano apenas si pudo hacerlo. Nada tenía sentido, pero todo encajaba con los datos escritos de su puño y letra en aquel papel. Incluso lo decía:

«Probablemente no recordarás nada, pero eso no significa que no haya sucedido. Si eres una máquina, ellos te habrán borrado los recuerdos nocivos».

Ellos.

Le costó echar a andar, pero acabó haciéndolo.

Y se metió en su casa.

18

SIGUIENDO LAS PISTAS

El despertador sonó a las tres de la madrugada.

Se incorporó de un salto, sin recordar nada, y lo apagó de un manotazo, aturdido y furioso.

¿Por qué...?

Lo recordó en el mismo momento en que dejó a medias la pregunta que se formaba en su mente.

Miró la puerta, por si sus padres habían oído el zumbido, y luego permaneció unos segundos en la cama, inmóvil y silencioso.

Era una tontería. Alguien imitando su letra había escrito aquella nota, así que probablemente no haría más que el ridículo.

Quiso darse la vuelta y seguir durmiendo, pero no lo consiguió.

Total, era muy fácil: no tenía más que bajar al laboratorio y examinar la pared de ladrillos. Nada más.

Una vez comprobado que no sucedía nada, se olvidaría del tema, por mucho que en su fuero interno le siguiera doliendo aquella sensación a miembro amputado.

Y desde luego, se habían terminado para él los libros de ciencia ficción y los cómics fantásticos.

Para siempre.

Apartó las sábanas y se puso en pie. Lo tenía todo preparado, la linterna, las zapatillas... Cogió la primera y se calzó las segundas. Después se llenó los pulmones de aire y se dispuso a emprender aquella locura. Nada más abrir la puerta de su habitación supo que ya nada le detendría y que todo era cuestión de un par de minutos. Estaría de vuelta a la cama en menos de lo que le hubiera costado imaginarlo.

Bajó el primer tramo de escaleras. Abrió la

puerta del sótano. Bajó el segundo tramo de escaleras. Nada en el sacrosanto templo científico de sus padres indicaba que allí hubiese algo extraordinario. Enfocó la pared de ladrillos con la linterna y contuvo la respiración.

—No es más que lo que ves, Tomás —se dijo para sí mismo—. Una simple pared de ladrillo.

Fue un último intento de su subconsciente, del que pasó.

Nada le desistió de lo que estaba a punto de hacer.

Se sabía ya la nota de memoria.

A la derecha de la pared. El séptimo ladrillo desde arriba y el quinto desde la pared lateral.

Lo presionó.

Y deseó que no pasara nada. Lo deseó con todas sus fuerzas.

El chasquido le hizo estremecerse de frío.

Tuvo aún más miedo de seguir.

Pero siguió.

El segundo ladrillo contando desde arriba, el noveno contando desde la pared.

Apenas una leve presión.

Y se produjo el segundo chasquido.

El bloque central de la pared retrocedió, saliéndose del conjunto, y no se detuvo hasta llegar a unos treinta centímetros de distancia. Luego se movió hacia la izquierda, despacio.

Las luces del laboratorio secreto se iluminaron.

Exactamente igual que como decía la nota.

Y si la nota era verdad...

El resto también lo era.

Susana.

Él.

No eran humanos.

Eran máquinas.

19

EL DESCUBRIMIENTO FINAL

Tomás entró en el laboratorio, mirándolo todo como si fuera la primera vez.

De hecho, lo era.

En su actual estado, desde luego.

Miró los equipos de última generación. No era un experto, pero conocía lo suficiente de informática para saberlo. Le gustaban aquellos chismes, y tenía buena mano con ellos. Los ordenadores, las pantallas, los sistemas operativos, las computadoras, los equipos energéticos, las bases de datos, los láseres, los ecualizadores, los niveladores, los secuenciómetros, los procesadores, los escáneres y demás. Todo destinado a trabajos de alta precisión en muchas gamas.

Los brazos y las piernas, los pies y las manos, los ojos y demás componentes humanos, artificiales, le completaron el cuadro. En menos de cinco minutos había abierto el frigorífico, hallado la piel sintética y la materia carnosa, examinado la calidad del metal de las prótesis y descubierto los programas, los chips.

Todas las preguntas contestadas, salvo una: ¿Por qué?

Si no era humano, ¿por qué tenía los ojos llenos de lágrimas? Si era una máquina ¿cómo es que tenía sentimientos? Quiso subir escaleras arriba y decirle a su padre que había vuelto a descubrir la verdad, y que por favor volviera a borrarle los recuerdos negativos.

Era feliz antes de... eso.

Muy feliz.

Recordó una frase de un libro, no pudo precisar cuál: «Sólo la verdad cuenta, porque ella te hará siempre libre».

¿Era aquello la libertad?

Se sentó en el suelo, desconcertado y herido,

agotado. Verse a sí mismo como lo que era, un niño solo, perdido y asustado, le hirió tanto como lo contrario, saber que no era un niño, sino un ente vivo aunque no humano.

Lo cual no impedía que siguiera solo, perdido y asustado.

Tuvo un último atisbo de esperanza y se incorporó. Después ocupó el asiento del ordenador central y lo puso en marcha. No se produjo ningún ruido. El sistema se iluminó. Presionó la ventana «Operaciones» y una mesa de metal emergió de la parte derecha. Continuó presionando ventanas, «Memoria», «Banco de datos», «Funciones». Halló lo que buscaba en el «Registro principal».

Una de las opciones era «Tomás».

La puso en pantalla.

Ante él apareció «su vida» al completo, cuándo había sido creado, cómo, perfiles de personalidad, aspectos caracterológicos, evolución, reacción a determinados programas, el número de «intervenciones» sufridas y las características

de las mismas, los detalles más específicos punto por punto. La última de esas «intervenciones» había tenido lugar el día anterior. ¿Motivo? «Reajuste del programa.» ¿Tipología? «Borrar hechos puntuales.» ¿Anexos? «Cambios de piezas XR-7, AMB-92 y Dub-H-005.»

Alucinó con algunos detalles.

Había sido creado hacía siete años y, en cambio, como humano, tenía doce.

Buscó «Susana».

Ella también había sido creada hacía siete años. Su cuadro gráfico no se diferenciaba mucho del suyo. Datos y más datos.

Vio una ventana llamada «Expectativas».

Era un informe de su «evolución». Del «Experimento Hijos», según su enunciado. Decía que él, Tomás Galvany, respondía bien, con los niveles a pleno rendimiento y satisfacción, con salud y evolución normales, típicos de un niño de doce años de edad y del sexo masculino. Por lo visto, cierto componente denominado «Agnus 972» era el causante de ese equilibrio después de «otros fracasos anteriores». En el caso de Susana leyó que ella también entraba perfectamente en el tipo de niña pequeña con un alto grado de feminidad.

O sea, que como experimento eran formidables.

¡Perfecto!

Sintió deseos de romper la pantalla del ordenador.

Siguió buscando.

Encontró sus propios gráficos de construcción, la exacta ubicación de cada parte de su cuerpo y su estado, y también la forma de cambiarlo todo y sustituirlo. Parecía un manual de «hágalo usted mismo», un «bricolaje» tecnológico de primera. Todo correctamente explicado para que hasta un lego en la materia pudiera trabajar allí. No se necesitaba ser científico para ello.

También dio con el de Susana.

Podía reprogramarla si quería.

Eso le hizo sonreír.

Había tantas opciones, tantas ventanas, tantas...

—Un momento, un momento..., ¿qué es esto? —susurró para sí.

Estaba arriba, a la derecha, y al pie de la ventana se leía «Nivel 1 de prioridad».

Abrió la ventana.

Y encontró lo inesperado, lo evidentemente lógico, pero aun así, sorprendente.

Tomás volvió a quedarse pálido, con el corazón, o el generador o lo que fuera que llevaba en el pecho, paralizado de nuevo por la sorpresa.

Allí estaban los datos de Augusto y Teresa Galvany.

Sus padres.

Sus «creadores».

Sus...

Ellos también eran máquinas.

20

UN MUNDO DIFERENTE

Ya nada era igual.

El mundo era distinto esa mañana.

Bajó a desayunar y miró a sus padres con una evidente aprensión. Les quería, y sabía que ellos le querían. Pero ya no era lo mismo. El amor de padres e hijos se basaba en las imperfecciones y la evolución, no en la posibilidad de que unos pudieran alterar el comportamiento de los otros mediante una simple manipulación de componentes. De pronto, todo dejaba de tener sentido.

Al menos «un» sentido.

Y ahora lo sabía, conocía el secreto. Lamentarlo no le impedía sentirse fatal. Casi estuvo tentado de advertirles a ellos, para que volvieran a reprogramarlo, borrándole lo malo. Así al menos dejaría de pasarlo mal.

Pero no, eso sería huir. Y ya no quería huir nunca más.

Quería ser él, tal cual, con lo bueno y lo malo que eso implicara.

Crecer.

Entonces se preguntó qué fin perseguía su creación, con qué objeto estaban allí.

Y se hizo más y más preguntas.

Como por ejemplo: ¿cuántas de las personas que conocía o veía por la calle eran máquinas como él o su hermana o sus padres?

¿Sería el mundo entero un núcleo robótico?

—¿Qué te pasa, Tomás?

—Oh, nada, lo siento.

Rehuyó la mirada de su padre. ¿Y si detectaba lo que le pasaba? ¿Tendrían alguna forma de conocer sus pensamientos, sus sentimientos, para cambiarlos en nuevas revisiones?

Se estremeció.

Tendría que volver a bajar por la noche al laboratorio y averiguarlo. De hecho, tendría que pasar más horas allá abajo, aprendiendo no ya a subsistir, sino a defenderse.

—Bueno, yo ya me voy —anunció Susana.

—Espera a tu hermano, querida —le ordenó su madre.

—¡Oh, mamá! —se quejó la niña.

—Obedece, Susana —dijo el hombre.

Tomás recogió sus cosas. Luego salieron de casa juntos, sin hablarse. Ella enfadada y él sumido en sus pensamientos. A los pocos pasos comenzaron a cruzarse con la gente de cada día.

Tomás los observó.

Tan normales. Tan naturales.

Como él mismo o su hermana o sus padres.

Tenía que saber...

¿Cómo?

Siguió caminando, envuelto en su inquietud, sabiendo que ya nada sería igual en su vida a partir de aquel momento y comprendiendo que difícilmente lograría ser feliz o superar el miedo que todo aquello le producía. Tendría que dormir con un ojo abierto, escribir más y más notas por si acaso su padre volvía a reprogramarlo, quizá escapar de su casa para ser libre.

Sí, nada sería igual. Nunca. Jamás.

Imposible.

Oyeron un chirrido de frenos en la esquina, justo en el cruce de la calle por la que transitaban con la avenida. El chirrido se mezcló con el grito de angustia de una mujer, agudo e hiriente. Al momento empezaron las carreras.

Tomás y Susana no fueron menos.

Llegaron hasta el lugar del accidente. Parecía grave. Lo comprobaron de inmediato. El cuerpo de un hombre asomaba por debajo de un autobús de línea, inmóvil, mientras la calzada iba llenándose de sangre. Algunas personas empezaban a gritar por el horror, otras a llorar, y las más lo contemplaban todo con morbosa expectación. Alguien decía que «se había metido literalmente bajo las ruedas», y otro repetía que «había sido tan rápido que...».

—Vámonos, Tomás. —Susana estaba blanca.

Tomás no se movió.

No era por morbo, ni por sadismo infantil, ni siquiera por curiosidad.

Era porque, inesperadamente, algunas dudas y preguntas acababan de solventarse.

Por entre el cuerpo roto del muerto no asomaban metales ni componentes robóticos, sino huesos y carne desgarrada, vísceras y órganos humanos. Auténticos.

Aquel hombre no era una máquina.

Así que...

¿Y si sólo lo eran ellos?

21

¡DESCUBIERTO!

Se sentía algo cansado por no dormir las horas correspondientes, y también aturdido por el giro insospechado que había sufrido su mundo, pero a pesar de ello no quiso esperar a otro día. El miedo y el recelo que sentía eran más fuertes que él. Su padre tal vez acabase sospechando, o a lo peor tenía algún método desconocido para saber cuándo le sucedía algo. Por ejemplo, al arrojar a su hermana por la escalera, él le había dicho que «lo sabían». La pregunta era, ¿cómo? Con toda seguridad, el incidente habría quedado registrado en el propio ordenador vital de Susana y, al intervenirla, lo descubrieron. Sin embargo, no quería arriesgarse por si existía otro sistema.

Tenía que averiguar cuanto antes el máximo de datos, conocer toda la información acerca de sí mismo y de lo que ellos pudieran utilizar para volver a cambiarle. Ahora entendía muy bien la dichosa frase de «información es poder». Vaya si lo era.

Así que programó su despertador una vez más, y a las tres en punto de la madrugada sonó el zumbido que le arrancó de su plácido sueño. Esta vez no vaciló ni un segundo. Saltó de la cama y se calzó las zapatillas deportivas. Nada más. Con la linterna en la mano, se dispuso a repetir la operación que ya conocía de sobra: bajar el primer tramo de escaleras, abrir la puerta del sótano y hacer lo mismo con el segundo.

Olvidó algo.

Se precipitó al bajar la escalera y pisó el maldito quinto escalón, el que crujía al ser pisado de una determinada forma.

El ruido fue, según su criterio, tan fuerte, que sonó como una bomba capaz de despertar a toda la ciudad.

Esperó, conteniendo la respiración, dispuesto a mentir si aparecía su padre o su madre en lo alto de la escalera. ¿Una incursión al frigorífico? Probablemente le creerían. No pasaría nada.

Los segundos transcurrieron uno a uno.

Y los contó.

Hasta llegar a diez.

Luego soltó el aire retenido en sus pulmones artificiales y se sintió mucho más tranquilo. Ellos dormían. No había riesgo alguno.

Acabó de bajar la escalera, se metió en el sótano y cerró la puerta tras él. Entonces sí encendió la linterna. Al llegar a la pared de ladrillos ya se movía a la mayor velocidad que podía. El tiempo apremiaba, y no sabía cuánto tardaría en dar con la información que necesitaba, aunque no estaba dispuesto a jugársela. Como mucho, trabajaría en el ordenador central unos quince, veinte minutos. Después volvería a la cama.

Se sentía muy nervioso y excitado.

Demasiado nervioso y excitado.

Abrió el acceso al laboratorio secreto y penetró en el interior. El equipo de iluminación se encendió automáticamente. Se fue directo al gran ordenador central y conectó los sistemas. El complejo cobró vida más allá del vértigo de lucecitas que oscilaba aun estando apagado. En la pantalla surgió la puerta que le daba acceso a todos los rincones de aquel universo extraordinario.

Buscó su propia ventana por segunda vez. Y se olvidó de todo lo demás. De todo. De todo hasta que escuchó aquella voz, detrás de él. La voz de su padre.

—Tomás.

22

TODAS LAS RESPUESTAS FINALES

Si hubiera tenido corazón, probablemente se le habría detenido a causa del susto.

Fuera lo que fuese lo que tuviese dentro del cuerpo, el resultado fue casi el mismo.

Se quedó sin aliento, sintiendo un frío sobrecogedor en la espalda, con una nube de algodón empapándole la mente e impidiéndole pensar.

Inmóvil.

—Tomás —repitió la voz de Augusto Galvany.

Nada cambió. La escena parecía congelada. Alguien había pulsado un imaginario botón de «pausa» en sus vidas.

—Hijo... —Escuchó la voz de su madre.

Así que estaban los dos.

¡Maldito escalón! ¡Había sido él!

Ahora ya no tendría jamás una segunda oportunidad.

Le borrarían de nuevo esos recuerdos que «sobraban» y se asegurarían de que nunca pudiera volver a sospechar nada. Su vida sería programada para siempre y de acuerdo a lo que desearan para él.

No sólo sería una máquina, sino que se comportaría como una máquina.

Sin saberlo.

Esa idea le enfureció.

Sintió un último atisbo de rabia.

Giró el cuerpo, lentamente, para enfrentarse a ellos.

Tenía miedo, pero no el miedo de un hijo al ser descubierto por sus padres haciendo algo malo. Era más bien el miedo de un ser vivo, animal o maquinal, ante el fin de algo tan intangible como su libertad.

Los miró, fijamente, a los ojos.

En los de sus padres había dolor, por extraño que pareciese.

—Dejadme, por favor —suplicó.

Augusto Galvany ya estaba dentro del laboratorio principal. Teresa esperaba en el acceso al laboratorio exterior. Iban en pijama y descalzos.

—No podemos, hijo —dijo el hombre.

—¿Hijo? —manifestó con sorna Tomás.

—¿Cómo has vuelto aquí? —quiso saber su padre.

—Me reprogramasteis mal —le informó el chico con seguridad.

—Eso no es cierto.

—Volveré. Ya no podéis eliminar mis recuerdos —amenazó él.

—Eso tampoco es cierto. Es imposible —afirmó Augusto Galvany.

—Queremos lo mejor para ti —le dijo su madre.

—¿Lo mejor? —Tomás le clavó una mirada acerada—. Lo mejor sería que me dejarais igual y confiarais en mí. Eso sí sería justo. Ni siquiera entiendo qué clase de experimento soy teniendo en cuenta ese pequeño detalle: que vivo engañado.

—Se trata de eso, de ver tu evolución como humano siendo como eres una máquina —explicó la mujer.

—Una máquina inteligente —puntualizó el hombre.

—¡No quiero ser un experimento! —gritó Tomás—. ¡Soy un ser vivo!

—Tomás, nosotros recibimos órdenes.

Sus ojos se dilataron por lo inesperado de aquellas palabras.

—¿Órdenes?

Sus padres se miraron entre sí.

—Vamos, ¿para qué perder tiempo? —dijo Augusto Galvany.

Teresa no le hizo caso.

—Tenemos una misión, hijo —justificó.

—Teresa —manifestó su marido—. No hace falta explicar nada. Dentro de unos minutos ya no recordará qué ha pasado. Esto no habrá sucedido.

Ella siguió hablando.

—Me gustaría que lo entendiera —susurró, como si su amor de «madre» fuera superior a todo lo demás—. No quiero verme obligada a usar la violencia.

—¿Te dejarás reprogramar si te lo contamos? —se ofreció su padre.

¿Valía la pena?

Decidió dos cosas: que sentía curiosidad, y que así disponía de unos segundos más.

Tal vez para escapar.

—No somos de este mundo —comenzó a decir Teresa cuando él asintió—. Nosotros somos entes vivos, pero no animales, sino de última generación sintética, enviados a la Tierra para investigar este planeta y su morfología, y derivado de ello, ver los niveles de adaptación necesarios para un asentamiento definitivo aquí. Por esa razón hemos debido adaptarnos al medio terrestre, y por el mismo motivo os creamos a vosotros, a Susana y a ti, para ver cómo evolucionabais. Vais a vivir y a crecer como humanos.

—Cuando el experimento se complete, dentro de unos años, informaremos de los resultados y ellos decidirán si vienen más o no.

—¿Quiénes son ellos?

—Ellos, nosotros. —Augusto Galvany se encogió de hombros sin querer entrar en detalles—. Procedemos de Alpha Centauri y el objetivo es colonizar la Tierra.

Como sus cómics y sus libros de ciencia ficción, sólo que aquello era verdad.

Real.

Asombrosamente real.

—¿Cuándo me habríais dicho que soy una máquina?

—Cuando hubieras sido un adulto. A fin de cuentas, tu madre y yo estamos solos aquí, y somos tan finitos fuera de nuestro sistema y nuestro mundo como lo son los humanos en éste.

—Era cuestión de tiempo. Bueno, sigue siéndolo —aclaró ella.

Se hacía tarde. No iba a poder seguir hablando mucho más con ellos. Su padre se acercaba paso a paso.

—Por favor, no lo hagáis...

Era inútil.

—Por favor... ¿Qué importancia tiene que lo sepa ahora o más tarde? —gimió de nuevo Tomás.

—No puede ser, hijo. Lo siento.

Su padre saltó hacia él.

23

A VIDA O... REPROGRAMACIÓN

Estaba preparado.

Y vio el ataque en sus ojos una fracción de segundo antes de que se produjera.

Máquina o no, era más joven, y más ágil.

—¡No! —gritó.

Su padre fue a estrellarse contra el asiento del ordenador central, súbitamente vacío.

—¡Tomás, por favor! —exclamó su madre.

Estaba entre ellos.

—No lo pongas más difícil —le pidió Augusto Galvany.

—¿Queréis que sea bueno y me rinda, así de fácil? —se burló él con acritud—. ¡Quiero seguir como estoy!

—Pero ¿por qué? —La mujer no lo entendía.

—Sabiendo la verdad estarás inquieto, sufrirás, y tu evolución no será la misma —explicó el hombre—. Necesitamos ver cómo reaccionas siendo humano, para que podamos ir tomando notas y corrigiendo desajustes anímicos, emotivos, personales, sociales, de adaptación, de operatividad...

—¡Tu vida será hermosa, Tomás!

—¡Pero no será auténtica! —los acusó.

Augusto y Teresa Galvany se miraron entre sí.

—¿Te das cuenta, querido? —dijo ella—. ¡De hecho actúa ya como un humano!

—Sí, son tan absurdos —convino él.

—¡Los humanos no son absurdos! —protestó Tomás.

—¡Claro que lo son! ¡Y eso es lo que los hace vulnerables! —insistió su padre—. Quieren saber la verdad, y luchar, y buscan empeños loables por los que dar incluso la vida. Carecen de lógica. Son puro sentimiento.

—E intuición, no lo olvidéis. Gracias a ella estoy aquí.

—Asombroso —suspiró Augusto Galvany.

—Acabemos de una vez, querido —lamentó su mujer—. Esto me está destrozando los circuitos.

—Te queremos, hijo —insistió una vez más Augusto.

—Es por tu bien —le recordó ella—. Todo ha de seguir igual.

—Aquí estamos solos, entiéndelo.

—Vamos, ven.

—Ven, Tomás, ven.

—No tienes escapatoria posible.

—Aunque lograras huir, que no puedes, desde aquí te encontraríamos, o te haríamos una reprogramación de emergencia, a distancia.

—Cariño...

—Somos tus creadores...

Estaban cerca. A medida que hablaban se habían ido acercando. Tomás calculó sus escasas oportunidades.

Hizo ademán de saltar sobre su padre, pero en realidad saltó sobre su madre, que era la que se hallaba en el camino de la puerta.

En la vida cotidiana ella parecía más débil, como cualquier mujer, pero aquello ya no era la vida cotidiana. Ahora su madre era una máquina exactamente igual que su padre.

Ni siquiera la derribó.

Muy al contrario.

Lo atenazó con ambas manos.

—¡Lo tengo, Augusto!

Aunque no lo suficiente.

Tomás se deshizo de ella empujándola y retrocedió unos pasos.

Tenían razón. Aunque huyera le encontrarían mediante sensores o lo que fuera que tuviera en el cuerpo. Sólo destruyendo los sistemas del laboratorio...

¡Destruirlos!

Cogió una silla metálica.

—¡No! —gritó su padre al ver su gesto y comprenderlo.

—¡Sin el ordenador central moriremos todos! —le advirtió su madre.

¿Y si no era cierto?

Se imaginó a sí mismo lejos de allí, solo. Un niño de doce años perdido y a merced del mundo entero, sin recursos, sin dinero, sin ninguna oportunidad. Y si iba a las autoridades para contarles la verdad, le encerrarían en un zoo tecnológico para estudiarle y jamás volvería a ver la luz del sol. Sería lo mismo.

Vaciló un solo segundo.

Y fue definitivo.

Eran dos, y le atacaron al unísono desde delante y desde atrás. Ni siquiera pudo tirar la silla de metal. Su padre se abalanzó sobre él y su madre le derribó golpeándole las piernas. Su fuerza no era extraordinaria, pero al fin y al cabo eran dos adultos, máquinas o no.

—¡Basta, Tomás!

—¿Por qué te resistes? No lo entiendo. ¡Serás más libre y feliz sin saber nada!

Peleó, pero sin éxito.

Se dispuso a gritar.

Su madre le puso una mano en la boca.

—Nadie te oiría —le recordó.

Le levantaron del suelo y le llevaron hasta la mesa de operaciones adosada al ordenador. En unos segundos le sujetarían a ella y después todo sería inútil.

Era el fin.

—¡No! ¡No! ¡Nooo! —gritó al límite de su desesperación y su miedo.

24

¿QUÉ HACER CON UN PADRE Y UNA MADRE?

Concentró toda su fuerza en el brazo izquierdo, sólo para que presionaran más sobre él, y entonces sacó el derecho de debajo del cuerpo de su madre.

Lo acompañó de un pataleo crispado.

No logró evadirse del todo, pero sí en parte. Extendió la mano libre buscando algo a lo que asirse. Lo único que encontró fue una de las mamparas del ordenador. Agarró una manivela y tiró de ella.

—¡Cuidado! —gritó Augusto Galvany.

—¡El sintonizador!

Había arrancado un panel entero. Una multitud de cables apareció desparramado al soltarse la protección frontal. Algunos empezaron a emitir chispas al verse también separados de sus conexiones.

—¡No te acerques a los cables, Teresa! —previno el hombre, luchando ahora por controlar a su hijo tanto como para no tocar los cables, que se movían como serpientes ciegas.

Tomás miró los cables.

Una oportunidad.

Una sola.

Pataleó con más fuerza y logró darle a su madre en el pecho. Con el brazo libre golpeó también a su padre, en la cara. Jamás se hubiera imaginado haciendo algo así. De hecho se sintió mal, porque pese a todo seguía siendo su padre, y... le quería.

No podía borrar doce años creyéndolo así, amándole como un buen hijo, en un abrir y cerrar de ojos.

—¡Teresa, cógelo! —aulló el hombre.

Disponía de una leve, levísima ventaja, aunque ya no para escapar.

—¡No puede huir! —reconoció ella—. ¡No tiene escapatoria!

Pero Tomás ya no quería huir.

Se sentó en la mesa de operaciones.

Sus zapatillas de goma le habían dado una solución.

Se puso de pie.

Cogió dos de los cables sueltos con ambas manos.

Y en el momento en que sus padres se abalanzaron sobre él y le sujetaron, les tocó con ellos.

Uno para cada uno.

Sintió también la descarga, pero amortiguada, mucho más pequeña que la soportada por su padre y su madre. En su caso el voltaje les recorrió el cuerpo de arriba abajo. Tal vez no habría sido definitiva para un ser humano, pero para dos entes compuestos de metal y regidos por sus respectivos ordenadores centrales...

Augusto Galvany puso los ojos en blanco.

Teresa Galvany tembló espasmódicamente una sola vez.

Luego, los dos perdieron fuerza, dejaron de agarrarle y cayeron al suelo.

Tomás dejó caer los dos cables.

Y miró a sus padres con los ojos desorbitados, inmóviles en el suelo, victorioso, libre, aunque todavía asustado y temblando por la refriega, mientras una pregunta nacía ya en su paralizada mente.

¿Y ahora qué?

25

DOCTOR TOMÁS GALVANY

Tardó más de un largo minuto en reaccionar, pero pensó que estaban muertos.

Y sintió dolor, mucho dolor.

Luego su madre emitió un leve gemido.

Entonces se agachó, auscultó sus pechos y percibió la vida que aleteaba en ellos.

Volvió a preguntarse qué hacer.

El hueco en la pared de ladrillos seguía abierto, pero ellos tenían razón: no podía huir.

Salvo que les...

Se estremeció sólo de pensarlo.

—Papá, mamá... —musitó desfallecido.

De nuevo derrotado.

Miró el gran ordenador.

En la pantalla seguían las ventanas dispuestas para ser abiertas, con todo su universo al otro lado, exactamente igual que como él las había dejado antes de que sus padres le interrumpieran.

Allí estaba todo.

Ya lo pensó la primera vez.

Sencillo, como un «bricolaje» tecnológico.

Un nuevo gemido, ahora de su padre.

El tiempo se le agotaba.

Y de pronto lo vio claro.

Temerariamente claro.

Pero posible.

Dominó todas y cada una de sus emociones y actuó. Primero cogió a su padre y, sacando fuerzas de flaqueza, logró subirlo a la mesa metálica. Lo inmovilizó con las argollas antes de hacer lo mismo con su madre. En tres minutos los tuvo a los dos en la mesa y sin la menor posibilidad de que pudieran escapar.

Volvió a mirar el gran ordenador.

Se sentó delante de él. Buscó en primer lugar

un código de desconexión o algo parecido, para poder trabajar con tranquilidad. Lo encontró justo en el instante en que escuchó, una vez más, la voz de su padre.

—Tomás, ¿qué haces? No puedes...

Accionó el código.

Su padre dejó de hablar.

Desconectado.

Suspiró con fuerza.

Ahora disponía de lo que quedaba de noche, hasta el amanecer, aunque si no acababa para entonces, anulando a Susana podría seguir trabajando a lo largo del día. Lo importante era hacer lo que tenía que hacer, y hacerlo bien. Con minuciosa pulcritud. Comenzó por su padre. Abrió la ventana de sus sistemas y empezó a estudiarlos.

26

UN NUEVO DÍA

Supo que estaba amaneciendo por la hora señalizada en el reloj del laboratorio, no por ver algún tipo de luz en alguna parte.

Pero ya casi estaba.

Le quedaba tan sólo el penúltimo acto. Probablemente el peor.

Comenzó por él. Le liberó de las sujeciones y lo cogió por las axilas. Bajarlo de la mesa fue sencillo, y arrastrarlo por el suelo también. Sencillo comparado con subirle por los dos tramos de escalones. No quería hacerle daño, y en ocasiones los golpes se le antojaban demasiado evidentes. Descansó frente a la puerta del sótano, pero temeroso de que, por un maldito azar, Susana llegase a despertar, continuó.

Ya no paró hasta dejarle en su lado de la cama. Agotado, sudoroso y jadeante. Y le quedaba su madre.

Bajó a por ella, y repitió la operación paso a paso, aliviado por el hecho de que pesara un poco menos, aunque no se lo pareció. El cansancio por su primera acción contribuyó a hacérselo todo más difícil. Apenas si pudo creerlo cuando la dejó también en la cama, al lado de su padre. Menos mal que ya llevaban puestos los pijamas. Todo habría sido más complicado si hubiese tenido que desvestirlos y ponérselos.

Les tapó.

Y antes de salir de la habitación..., les dio un beso en la frente. Después de todo, ellos no tenían la culpa.

No la tenía nadie.

Las cosas estaban como estaban y en paz.

Por fortuna ahora «eran» de otra forma.

Para él.

Regresó por última vez al laboratorio. Ya era

de día y apenas si disponía de unos minutos para culminar su acción. No se sentó en la silla de operaciones. Le bastó con programar la puesta en marcha de los sistemas vitales en sus padres y a continuación apagó el ordenador.

Ya sabía cómo cerrar la puerta de la pared de ladrillos desde dentro y desde fuera. Ningún problema. Salió del laboratorio y sonrió cuando la pared de ladrillos ocultó el secreto que ahora sólo conocía él.

Nadie más que él.

Subió a su habitación más feliz de lo que jamás se había sentido en la vida.

Al meterse en la cama apenas si pudo cerrar los ojos.

Un minuto.

Luego oyó la voz de su madre.

—¡Tomás! Vamos, hijo, que ya es hora de levantarse. No sé de qué te sirve el despertador si no te lo pones. Tomás, ¿me oyes? ¡Susana, hija!

Tomás estuvo a punto de gritar.

De felicidad.

Aunque también pensó que podía haberse dado un día de vacaciones programándoles a ellos y a Susana para no activarse hasta 24 horas después.

27

LA NUEVA FAMILIA GALVANY

—Buenos días, papá.
—Buenos días, hijo.
—Buenos días, mamá.
—Buenos días, Tomás.
—¿Qué hay para desayunar? ¡Tengo un hambre!
—Perfecto, te has despertado con energía, eso es saludable —dijo ella sonriendo.
—Con energía pero con mala cara —le reprendió él—. ¿No te he dicho que no leas esas tonterías de ciencia ficción al acostarte? Tienes ojeras.
—Eso es verdad, hijo. Estás creciendo y debes dormir tus horas —añadió su madre.

—Es que esta noche he tenido algunas pesadillas —dijo Tomás quitándole importancia.

—¿Lo ves? Es por esas cosas de extraterrestres y marcianos —dijo Augusto Galvany.

—Sí, qué tontería —convino Teresa Galvany.

—Pues seguro que por ahí afuera hay alguien —indicó Tomás apuntando al techo.

—Anda, desayuna y no digas tonterías —protestó su madre.

—Bueno, a mí también me gustaban las historias de marcianos —reconoció su padre.

Tomás sonrió con astucia.

En ese momento entró Susana por la puerta de la cocina.

—¡Mamá, Tomás ha dejado el baño hecho una guarrada! —fue lo primero que dijo.

Tomás la fulminó con la mirada.

No había tenido tiempo, pero desde luego tendría que reprogramarla también a ella. Sobre todo a ella. Para que no fuera tan palizas.

Para que fuera una hermana perfecta.

Llena de consideración, amor y devoción por su hermano mayor.

Como tenía que ser.

La vida ofrecía muchas buenas alternativas.

Sobre todo teniendo... el control.

Aprobaría todos los exámenes sin esfuerzo, porque se pondría los programas necesarios, y un día sería millonario, o presidente, o lo que quisiera.

Genial.

Eso además de unos padres más comprensivos, más tolerantes, más permisivos, más... de todo. Unos padres perfectos.

Y esencialmente humanos.

Sobre todo eso.

Aunque siempre podría volver a manipular un poco sus programas en caso de necesidad. Retoques para eliminar lo malo y mejorarles.

Tomás se desperezó.

Vivir era fantástico.

Humano o máquina, era fantástico.

Y desde luego, nada como la Tierra, ahora lo sabía.

Después de ver Alpha Centauri en los archivos del sistema, no tenía el menor deseo de ir allí, ni de que los de allí vinieran a la Tierra.

¡Eso menos que nada!

—¡Tomás! —gritó su madre—. ¡Haz el favor de comportarte en la mesa!

—¿De qué te ríes, si puede saberse? —preguntó su padre, secundándola en su enfado.

ÍNDICE

La mansión de las mil puertas 5

Cambio de cerebro 143

¡Máquinas! 177

Jordi Sierra i Fabra. Nací en la Tierra en 1947. El lugar es lo de menos, pero por lo visto fue en Barcelona. A los ocho años demostré que una puerta de cristal no era irrompible y empecé a escribir. A los doce ya hacía volúmenes de 500 páginas, y aún no me he detenido. Mis cuatro únicas aficiones son oír música, viajar sin parar, ir al cine y escribir. Vivo más en aviones que en tierra, pero es que el mundo sigue siendo lo más bello y fascinante que tenemos para ver, tocar, sentir... Bienvenidos a él, si todavía no os habéis dado cuenta de vuestra suerte. Si queréis saber más de mí, id a www.sierraifabra.com, que es vuestra casa. Por cierto, acabo de ganar el Premio Nacional de Literatura Infantil y Juvenil.

Oscar Lombana nació en Bilbao en septiembre de 1971, y tras leer *La historia interminable* unas cuantas veces, decidió estudiar Bellas Artes. Ha realizado numerosas portadas de misterio y terror, y compagina su labor de ilustrador con la pintura y el diseño. Hoy reside en Barcelona mientras intenta dibujar sin que su gata se beba el agua de las acuarelas.

A partir de 12 años
Títulos de la colección

El crimen de la Hipotenusa
Emili Teixidor

El silencio del asesino
Concha López Narváez

Intercambio con un inglés
Christine Nöstlinger

La mansión de las mil puertas
Jordi Sierra i Fabra

El misterio de la isla de Tökland
Joan Manuel Gisbert

Filo entra en acción
Christine Nöstlinger

La pesadilla de los monstruos
Carlos Puerto

Leyendas del planeta Thámyris
Joan Manuel Gisbert

El curso en que me enamoré de ti
Blanca Álvarez

El tapiz de Bayeux
Fernando Martínez Laínez

El diario secreto de Adrian Mole
Sue Townsend

Benny y Omar
Eoin Colfer

¿Quién cuenta las estrellas?
Lois Lowry

Endrina y el secreto del peregrino
Concha López Narváez

Los caminos del miedo
Joan Manuel Gisbert

La colina de Edeta
Concha López Narváez

El museo de los sueños
Joan Manuel Gisbert

Me gustan y asustan tus ojos de gata
José María Plaza

Ut y las estrellas
Pilar Molina Llorente

El oro de los dioses
Jordi Sierra i Fabra

Dos caballos
Gemma Lienas

La música del viento
Jordi Sierra i Fabra

Once relatos mitológicos y uno más de propina
Toni Llacay y Montserrat Viladevall

Mio Cid y otras leyendas de España
Toni Llacay y Montserrat Viladevall

No le digas que aún la amo
Blanca Álvarez